Roland Wagner

Vier Epochen und ein Leben

Die Geschichte meiner Mutter

Bibliografische Information der Deutschen Nationalbibliothek: Die Deutsche Nationalbibliothek verzeichnet diese Publikation in der Deutschen Nationalbibliografie; detaillierte bibliografische Daten sind im Internet über dnb.dnb.de abrufbar.

Fotos und Umschlaggestaltung: privat

Lektorat: Ulrike Jonack

Satz: Katrin Scheiding (www.katrinscheiding.de)

Verlag: BoD · Books on Demand GmbH, Überseering 33, 22297 Hamburg,

bod@bod.de

Druck: Libri Plureos GmbH, Friedensallee 273, 22763 Hamburg

ISBN: 978-3-7583-1812-2

Roland Wagner

Vier Epochen und ein Leben

Die Geschichte meiner Mutter

Hallo, ich bin ein Chemiker im Ruhestand. Man sollte denken, dass ich deshalb viel Zeit für Müßiggang habe. Dem ist nicht so. Durch meine vielen Hobbys wie Radfahren, Schwimmen, Schlagzeugspielen und dem Schreiben von rockigen und poppigen Songs bin ich ziemlich beschäftigt. Eine weitere Sache kribbelt mir seit Längerem in den Fingern. Da mir meine Mutter sehr viel aus ihrem bewegten Leben erzählt hat, habe ich bereits mehrmals darüber nachgedacht, all ihre Erlebnisse aufzuschreiben, vielleicht sogar in einem Buch. Die dafür benötigte Zeit würde ich auch noch aufbringen.

Junge, willst du wirklich alles aufschreiben?

Na klar! Sei nicht so ängstlich. Man muss es einfach tun. Du hast doch immer gesagt, dass du so viel erlebt hast, dass es für ein ganzes Buch reichen würde. Jetzt können wir es herausfinden.

Na gut, dann lass es aber mich erzählen, damit es aus erster Hand kommt und nichts vergessen wird.

Dann leg los! Ich bin gespannt, ob Begebenheiten dabei sind, die ich noch nicht kenne.

Meine Kindheit in Schlesien

Also dann: Mein Name ist Hildegard Wagner, na ja, damals hieß ich noch Kurde. Ich wurde am 18. April 1931 als sechstes von acht Kindern in Fallbach, Kreis Guhrau, geboren. Das liegt etwa sechzig Kilometer nordwestlich von Breslau oder Wroclaw, wie es heute auf Polnisch heißt. Mein voller Name ist Hildegard Elise Elfriede, ich wurde aber immer Hildegard oder Hildchen gerufen. Es heißt, dass bei meiner Geburt noch Schnee lag, wie es Mitte April in Schlesien oft der Fall war.

Meine Eltern Hermann und Marie Kurde waren sehr liebevolle und fürsorgliche Eltern. Sie müssen auch zueinander sehr liebevoll gewesen sein, sonst hätten sie keine acht Kinder gehabt, sieben Töchter und einen Sohn. Ich habe mal das Geburtsdatum meiner ältesten Schwester genommen und mit dem meines Vaters verglichen. Er war knapp achtzehn Jahre alt, als sein erster Nachwuchs kam. Und da heißt es, früher war alles gesitteter. Wenn wir schon mal beim Thema sind, werde ich meine Geschwister der Vollständigkeit halber der Reihe nach beim Namen nennen. Die älteren hießen Erna, Emma, Ernst, Else und Herta. Erstaunlicherweise gibt es zwischen Herta und mir einen Altersunterschied von sieben Jahren. Nach mir kamen dann noch Christa und Helga. Leider lebt keines meiner Geschwister mehr. Ich bin die letzte.

In Fallbach, das übrigens bis 1936 Kadlewe hieß, hatte ich eine sehr schöne Kindheit. Meine Eltern besaßen einen großen Bauernhof. Es war der zweitgrößte im Dorf, gleich nach dem gräflichen Gut. Dazu gehörte auch ein großer Teich mit einer Quelle, aus der das halbe Dorf mit Trinkwasser versorgt wurde. Jeden Winter war unser Teich zugefroren. Mein Vater sagte uns Bescheid, wenn das Eis dick genug war, und alle Kinder unseres Dorfes trafen sich bei uns zum Schlittschuhlaufen. Hin und wieder gab es Streit, weil die Jungs meistens mit Anlauf über die Eisfläche schlittern und wir Mädchen uns einfach nur einhenkeln und im Kreis laufen wollten. Aber diese Zankereien hielten selten lange an, zu groß war der Spaß, den wir alle auf dem Eis hatten.

Ach ja, wenn viel Schnee lag – und es lag jeden Winter sehr viel Schnee – und mein Vater Zeit hatte, spannte er die Pferde vor unseren großen Schlitten. Dann fuhr er mit uns durchs Dorf und über den Anger. Es sprach sich schnell herum, und ein Kind nach dem anderen hängte seinen Schlitten an, bis sich eine lange Kette ergab. Manchmal kippte die hintere Hälfte der angehängten Schlitten um, wenn wir zu schnell um eine Kurve fuhren. Wir Mädchen schrien dabei. Die Jungs dagegen freute das.

Nicht nur im Winter, sondern auch im Sommer war unser Zuhause sehr schön. Zu unserem Bauernhof gehörten ein großes Stück Ackerland und noch mehrere kleinere Felder und die vielen Tiere. Da waren Kühe, Schweine, Kaninchen, eine ganze Palette an Federvieh und die Pferde. Die Pferde liebte ich, ganz besonders eine Stute. Wenn ich sie streichelte, legte sie sich hin und hielt ganz still. Sie schien es zu genießen. Auch unsere Katzen eigneten sich hervorragend zum Spielen. Meine beiden jüngeren Schwestern und ich setzten jeweils eine Katze in unsere Puppenwagen, deckten sie zu und fuhren sie herum. Ich wundere mich noch heute, dass sie sich das gefallen ließen.

Nicht so schön war, dass wir Kleinen immer von unseren älteren Geschwistern weggejagt wurden, wenn sich die Dorfjugend in der Nähe unseres Anwesens traf. Ich hätte gern zugeschaut, aber aus mir heute verständlichen Gründen wollten sie es nicht. Ich habe überhaupt gern die Erwachsenen beobachtet und belauscht. Deshalb war mein Lieblingsplatz in der Wohnküche auf der Eckbank neben dem Ofen. Da konnte ich stundenlang sitzen und beobachten, was so vor sich ging. Das war wohl auch der Grund, dass man mich Großmutter nannte, wenn ich dort saß.

Wir hatten oft Besuch von Nachbarn und Verwandten. Am meisten freute ich mich, wenn unsere Großeltern kamen. Meine Oma Anna aus Tschilesen brachte immer für zehn Pfennig Bonbons mit. Wenn meine Geschwister nicht hinschauten, steckte sie mir heimlich die meisten Süßigkeiten zu. Ich glaube, sie hatte mich von allen am liebsten.

Von meinem Sitzplatz aus schaute ich meiner Mutter bei allem zu, beim Kochen, beim Backen, beim Nähen, einfach bei allem, was sie so tat. Deshalb kann ich das auch heute noch alles sehr gut. All die Koch- und Backrezepte habe ich hauptsächlich vom Zuschauen bei meiner Mutter gelernt.

Vor allem bin ich beim Kochen und Backen sehr auf Sauberkeit bedacht und überlege mir ganz genau, von und bei wem ich etwas essen kann. Als ich einmal bei einem anderen Mädchen aus der Nachbarschaft, Ruth hieß sie, zum Spielen war, bemerkte ich etwas für mich Unfassbares. Ruths Mutter setzte ihren knapp zweijährigen Sohn mit dem nackten Hintern auf den Küchentisch, um ihm ein Hemdchen anzuziehen. Als sie fertig war und ihn wieder heruntergehoben hatte, begann sie, dort die Nudeln auszurollen, ohne vorher die Tischplatte abzuwischen. Von dem Tag an konnte ich bei und von Ruth nichts mehr essen.

Meine Eltern arbeiteten Hand in Hand, mein Vater meistens auf dem Feld oder im Stall und meine Mutter im Haus. Sie half aber auch bei der Ernte oder beim Versorgen des Viehs. Das musste sie aber auch, denn wie schon erwähnt war unser Hof nicht klein. Zudem waren wir ein reiner Familienbetrieb ohne Gesinde und fremde Helfer. So blieb die ganze Arbeit an meinen Eltern und den fünf älteren Geschwistern hängen, die nebenbei auch noch in die Lehre gingen. Dadurch hatten sie oft Streit mit meinen Eltern, wie man sich lebhaft vorstellen kann. Eine gewisse Erleichterung der vielen Arbeit gab es durch unsere Maschinen. Mein Vater war offen für Technik. Ich kann mich noch an unsere Erntemaschine erinnern, die von einem oder zwei Pferden gezogen wurde. Man könnte sie als eine frühe Version eines Mähdreschers bezeichnen.

Die Ansichten und vor allem die Charaktereigenschaften meiner Eltern waren jedoch sehr unterschiedlich. Mein Vater war sehr zielstrebig und sparsam. Man kann getrost sagen, dass er finanziell sehr geschickt war. Er begann 1912, mit vierzehn Jahren, als Kutscher zu arbeiten. In den Jahren legte er eine ansehnliche Summe an Geld zurück. Sein großes Ziel war, einen Bauernhof zu kaufen. Ende der Zwanzigerjahre hatte er es geschafft. Er bekam einen Kredit und kaufte unser Zuhause. Meiner Mutter dagegen rann das Geld nur so durch die Finger. Sie konnte einfach nicht mit Geld umgehen, wodurch es des Öfteren Streit gab, den auch wir Kinder mitbekamen.

Mein Vater war auch ein sehr lustiger Typ und meine Mutter eher schweigsam und manchmal etwas melancholisch. Beide Eltern kümmerten sich jedoch sehr liebevoll um uns. Mein Vater hatte oft gute Einfälle, wie er uns Kinder unterhalten konnte. In der Vorweihnachtszeit bettelten wir ihn fast täglich an, dass er mit uns Weihnachtszauberei machte, wie wir es nannten. Wenn er Zeit und Lust dazu hatte, ging er die Treppe zum Boden hinauf und schloss die Tür mit der Milchglasscheibe hinter sich. Dann zeigte er ein Weihnachtsgeschenk nach dem anderen hinter dem Glas. Meine zwei kleineren Schwestern und ich waren von den nur mit sehr viel Fantasie zu erahnenden Geschenken begeistert. Nicht wissend, was es jeweils war, riefen wir bei jedem bunten Etwas: „Oh, das bekomme ich", „Nein, ich bekomme das", „Nein, ich".

Durch seine Lustigkeit und seine Art, Späße zu machen, besonders nach ein paar Schnäpsen, war er ein gern gesehener Gast und wurde zu allen Festen im Dorf eingeladen. Samstagabends gab es

Zeit für ausgiebiges Feiern. Sonntags konnte man sich dann ausruhen. Einmal war nach einer solchen Feier kein Brennmaterial mehr vorhanden und er musste am Sonntag Feuerholz machen. Das laute Holzhacken rief den Dorfpolizisten auf den Plan, denn solche Arbeiten waren am Sonntag verboten. Wohl oder übel musste er die fünf Mark Strafe bezahlen. Auf der anderen Seite wurde er wegen seines Erfolges als Bauer, seiner Hilfsbereitschaft und gerechten Art sehr geschätzt und nach und nach zum Wortführer der umliegenden Bauernschaft. Dazu fällt mir die Geschichte mit der Gräfin ein.

Die Gräfin, die in Fallbach ein Gut besaß, wollte für sich und ihre Gäste eine Treibjagd veranstalten und fragte meinen Vater, ob er einige Treiber organisieren könne. Er handelte für neun Leute, von denen er wusste, dass sie sich gern was dazuverdienen wollten, insgesamt neun Mark aus, damals noch als drei Taler bezeichnet. Die Treibjagd fand statt und war wohl sehr erfolgreich, nur die Gräfin wollte auch nach mehreren Aufforderungen nicht bezahlen. Daraufhin sperrte mein Vater die sich auf unserem Grund und Boden befindende Quelle ab, die das Gut der Gräfin mit Frischwasser versorgte. Nach drei Tagen kam die Gräfin auf einem Rappen zu uns geritten. Ich sehe sie noch vor mir. Sie befahl in einem harschen Ton, er solle die Quelle freigeben. Mein Vater ließ sich davon nicht beeindrucken und forderte sie auf, endlich ihre Schuld zu begleichen. Solange sie nicht bezahlt habe, bliebe die Quelle geschlossen. Da warf sie ihm das Geld vor die Füße und ritt stolz davon. Er hatte sich durchgesetzt und konnte den Treibern das Geld aushändigen.

Ich sah auch gern zu, wenn mein Vater auf dem Markt in Herrenstadt Vieh verkaufte. Zuerst kamen die potenziellen Kaufinteressenten, betrachteten das Tier und gingen dann meist weiter. In der Regel waren das Händler, Schlachter oder andere Bauern, die ihren Tierbestand aufstocken wollten. Wenn wirkliches Interesse bestand, kam derjenige zurück und fragte nach dem Preis. Fast immer hieß es, dass es zu teuer sei, und sie versuchten, das Tier schlechtzureden. Sie meinten, es sei zu klein, zu mager, schlecht proportioniert und so weiter. Mein Vater ließ sich davon nicht aus der Ruhe bringen, da er das Prozedere schließlich zur Genüge kannte. Er machte es als Käufer meist genauso. Als das Vorspiel beendet war, ging es mit dem Handeln los, was nie sehr lange dauerte. Die Parteien nannten abwechselnd ihren Preisvorschlag und schlugen dem Gegenüber auf die ausgestreckte Handfläche. Das ging rasend schnell hin und her und nach nicht einmal einer Minute trafen sie sich in der Mitte und waren sich handelseinig.

Die Schulzeit

Eines schönen Tages war die unbeschwerte Zeit des endlosen Spielens und Träumens zu Ende, und ich kam in die Schule, die in Herrenstadt, der nächsten größeren Stadt, lag. Das war 1937. Ich mochte die Schulzeit nicht besonders. Man musste früh und mittags jeweils dreieinhalb Kilometer laufen, wenn man die Straße nahm. Wir Kinder gingen die Feldwege bis zur Brücke über die Bartsch. Das war einen Kilometer kürzer. Dann noch an der Apotheke vorbei und über den Graben und es war nicht mehr weit bis zur Schule.

Am ersten Schultag gab es gleich ein Problem. Auf dem Schulweg hatte ich einen Streit mit den älteren Jungs aus unserem Ort. Worum es ging, weiß ich heute nicht mehr. Ich glaube, ich war einfach nur zickig, weil ich über den Beginn meiner Schulzeit frustriert war. Abends erzählte ich meinem Vater davon. Er riet mir, mich mit den Jungs gutzustellen, da sie mich sonst nicht mitnehmen und beschützen würden und ich den ganzen Weg alleine gehen müsste. Am darauffolgenden Tag nahm ich allen ein Stück von meiner Mutter gebackenen Kuchen mit und die Sache war vergessen.

Ja, einige Jungs waren richtige Rüpel, die oft nur Unsinn machten und vom Lehrer mit dem Rohrstock Schläge auf den Hintern bekamen. Das war damals leider so. Die Jungs bekamen die Schläge auf den Hintern und die Mädchen auf die Finger. Einer meiner Mitschüler tat sich in puncto Dummheiten besonders hervor. Er wurde jeden Monat zwei- bis dreimal bestraft. Einmal, ich weiß nicht mehr, was der Grund war, sollte er zur Bestrafung nach vorn kommen. Er musste sie schon erwartet haben, denn er hatte sich Lumpen in die Hose gesteckt, um die Schläge nicht zu spüren. Das wurde natürlich vom Lehrer bemerkt. Ein anderes Mal war es ein Eichenbrett.

Ich erinnere mich an einen weiteren Fall mit demselben Jungen. Er hatte durch wildes Fechten mit Stöcken, wie es Jungs in dem Alter gern tun, ein Auge verloren und trug ein Glasauge. Im Unterricht hatte er großen Spaß daran, die Mädchen zu ärgern, indem er sein Glasauge in den Mund nahm und sie dann mit dem Auge zwischen den Lippen anlächelte. Am Anfang waren wir entsetzt. Nach einigen Wochen hatten wir uns allerdings daran gewöhnt und er konnte niemanden mehr damit erschrecken. Der Junge, der hinter ihm saß, war genervt und gab ihm mit einem Klaps auf den Rücken zu verstehen, dass er nun endlich Ruhe geben sollte. Daraufhin verschluckte der Rüpel sein Glasauge. Zu Hause bekam er eine ordentliche Abreibung und durfte nicht mehr aufs Toilettenhäuschen, sondern musste auf einen Eimer gehen. Nach zwei oder drei Tagen war das Auge wieder da. Allerdings hatte seine Magensäure die Bemalung weggeätzt. Da gab es noch mal eine Abreibung, denn so ein Glasauge war teuer.

Mein Interesse an den Schulfächern war gemischt und demzufolge auch meine Leistung. Deutsch mochte ich gar nicht. Vor allem zum Lernen von Gedichten und Liedern hatte ich keine Lust. Ein typisches Beispiel dafür war das bekannte Kinderlied „Widewidewenne", bei dem ich allerdings großes Glück hatte. Der Lehrer gab uns eine Woche Zeit, um das Lied zu lernen. Mir war es einfach viel zu lästig, mich mit den sieben Strophen zu beschäftigen. Ich konnte mir nur den Text der fünften Strophe merken, der folgendermaßen lautete:

> Widewidewenne heißt meine Puthenne.
> Widewidewenne heißt meine Puthenne.
> Guck-heraus heißt mein Haus,
> Schlupf-hinaus heißt meine Maus.
> Widewidewenne heißt meine Puthenne.

Am Tag, an dem das Lied fällig war, musste jeder eine Strophe singen, wobei der Lehrer diesmal mit dem Schüler ganz hinten rechts begann. Ich zählte durch, mit welcher Strophe ich dran sein würde, und stellte fest, dass es nicht die fünfte, sondern die sechste war. Da lief es mir abwechselnd heiß und kalt den Rücken herunter. Ich konnte schon den Rohrstock auf meinen Fingern spüren. Vor Panik fing ich an, leise zu beten: „Lieber Gott, mach, dass ich nicht drankomme. Ich will in Zukunft auch immer fleißig sein." Man mag es kaum glauben, aber ich wurde erhört. Der Junge, der vor mir dran war, konnte die fünfte Strophe nicht, und ich musste sie vorsingen, was bestens klappte. Ich war sehr erleichtert und hörte den Lehrer sagen: „Gut, Kurde, setzen!" Natürlich war mein guter Vorsatz aus dem Angstgebet nach einigen Tagen wieder vergessen.

Im Gegensatz zum Unterrichtsfach Deutsch war Mathematik wie für mich gemacht. Für Mathe musste ich nichts lernen, alles fiel mir nur so zu. Die erste Klasse war fast schon langweilig, aber dann lernten wir, Zinsen, Grundstücksgrößen, Hohlmaße und manches mehr zu berechnen. Ich war wirklich gut darin, und wenn einer der Bauern aus der Umgebung mich bat, etwas auszurechnen, dann tat ich das gern.

Im Zusammenhang mit der Schule gibt es übrigens eine Geschichte, in der meine jüngere Schwester Christel eine Hauptrolle spielte. Sie war drei Jahre nach mir eingeschult worden. Sie kam immer mit schmutzigem Schlüpfer von der Schule nach Hause, was vor ihrer Einschulung nie vorgekommen war. Unsere Mutter stellte das beim Wäschewaschen fest und fragte sie, ob sie sich nicht den Hintern abputzte. Sie antwortete daraufhin, dass sie das nicht mehr zu machen brauchte, denn die Toiletten in der Schule hatten im Gegensatz zu unserer eine Wasserspülung. Sie hatte damals schon etwas recht Altkluges an sich.

Christel war allerdings auch sehr besserwisserisch. Das gab immer wieder Anlass zu Streit. Vielleicht war auch ein wenig Eifersucht ihrerseits dabei, denn ich erinnere mich, dass sie mich nicht selten bei unseren Eltern in ein schlechtes Licht zu rücken versuchte. Aus heiterem Himmel begann sie in dem Moment, wenn unsere Eltern vom Feld zurückkamen, zu weinen und zu jammern, ich hätte ihr was getan. Da wurde ich jedes Mal wütend und hätte ihr am liebsten eine Abreibung verpasst. Allerdings muss ich sagen, dass ich einige Jahrzehnte später zu ihr eine sehr gute Beziehung hatte. Ich verstand mich mit allen meinen Geschwistern zu jeder Zeit sehr gut, aber mit Christel wurde es etwas Besonderes.

Aber zurück zur Schule. Wegen meiner Rechenkünste sollte ich ab der fünften Klasse auf das Gymnasium nach Guhrau gehen. Ich war davon gar nicht begeistert. Erstens hätte ich da jeden Tag mit dem Postauto mitfahren müssen und zweitens wollte ich wie meine Schwester, die Emmi, Schneiderin lernen. Die auf der

Schulbehörde waren darüber verärgert, dass ich nicht aufs Gymnasium gehen wollte. Sie sagten, dass ich das mit der Schneiderin vergessen konnte. Wegen meiner bäuerlichen Herkunft sollte ich als Eleve auf dem gräflichen Gut in unserem Ort in die Lehre gehen. Eleve war die vornehme Bezeichnung für Lehrling und hätte für mich die spätere Option als Wirtschaftsvogt bedeutet, was ich dann doch nicht so schlecht fand. Am Ende kam dann aber alles ganz anders.

Der Krieg beginnt

1939 fing das Unheil an. Hitler hatte einen Krieg begonnen, der sich schnell zum Weltkrieg entwickelte. Die Meinung der Leute war darüber geteilt. Am Anfang waren noch viele skeptisch gewesen, aber mit den ersten Siegen nahm die Anzahl der Befürworter im Dorf deutlich zu. Ich verstand nicht viel davon und konnte mir

auch nicht so richtig vorstellen, was Krieg wirklich bedeutete, zumindest noch nicht. Mein Vater war eher ein Freigeist. Er mochte die Nazis nicht, die Schreier, wie er immer sagte. Er mochte auch den Krieg nicht, weil da Leute umkamen. Immer mehr junge Männer wurden zum Kriegsdienst eingezogen und mein Bruder, der Ernst, war leider auch dabei. Das Jahr weiß ich leider nicht mehr.

In puncto Kriegsdienst hatte mein Vater Glück. Er war durch

seine verkrüppelte Hand nicht kriegstauglich. Bei der Musterung stellte er sich besonders dumm an. Da sah man ein, dass die beiden fehlenden Finger an seiner rechten Hand das Bedienen eines Gewehres unmöglich machten. Im täglichen Leben als Bauer kam er jedoch gut damit klar.

Seine Finger hatte er verloren, als er 1916 zur Teilnahme am Ersten Weltkrieg eingezogen wurde. Bei der Ausbildung sollten die angehenden Rekruten das Werfen von scharfen Handgranaten aus einem Schützengraben heraus üben. Der Soldat, der vor ihm an der Reihe war, zog wie befohlen den Sicherungssplint aus der Handgranate, bekam dann jedoch Panik. Mit zitternden Händen ließ er die entsicherte Granate vor sich in den Schützengraben fallen und hockte sich wimmernd hin. Das hätte die drei sich im Graben befindenden Soldaten und den Unteroffizier mit Sicherheit verletzt oder gar getötet. Mein Vater reagierte in dieser Situation geistesgegenwärtig: Er hob die entsicherte Handgranate nach kurzer Schrecksekunde auf und warf sie aus dem Graben. Leider war die Zeit abgelaufen und sie explodierte in der Luft etwa nur anderthalb Meter von seiner rechten Hand entfernt. Nach einigen Wochen im Lazarett war für ihn die Teilnahme an zwei Weltkriegen vom Tisch.

Auch ich war von der Nazi-Propaganda nicht begeistert. Die Fahnenappelle und Schwüre, für Führer, Volk und Vaterland zu kämpfen und zu sterben, waren mir zuwider. Das hatte ich wohl von meinem Vater geerbt und musste uns, der Kurde-Linie, im Blut liegen. Da gab es den BDM, den Bund Deutscher Mädel, in den wir Mädchen alle automatisch aufgenommen wurden. Sie veranstalteten regelmäßig Versammlungen mit viel Propaganda, Handarbeit und Kochen. Sooft es ging, drückte ich mich davor. Manchmal passten mich ältere, besonders eifrige Mädchen ab und kündigten mir Dresche an, wenn ich das nächste Mal nicht teilnehmen würde. Durch solche Drohungen ließ ich mich nie einschüchtern. Auf einem Bauernhof fanden sich immer wieder Gründe, die als Entschuldigung dienen konnten. Eine Stute fohlte, etwas musste dringend geerntet oder gepflanzt werden oder ein Ferkel, das von der Mutter nicht angenommen worden war, brauchte Fürsorge. Hin und wieder nutzte ich auch eine Gesetzesklausel, die einen von der Teilnahme an einem Treffen freistellte, wenn man stattdessen Kräuter für Frontsoldaten sammelte. Ein paar Handvoll solcher Kräuter waren rasch gepflückt und am nächsten Tag mit in die Schule genommen. Als diese als zu wenig erachtet wurden, haute mir mein Vater zum nächsten Termin mit der Sense einen Sack voll Brennnesseln, den ich dann am nächsten Tag mit in die Schule nahm.

Alles in allem führte ich also ein recht freies und unbeschwertes Leben.

Nur einmal wurde es recht drastisch unterbrochen. Schuld war der Bluthochdruck, unter dem ich schon als Kind litt. Die Ärzte waren ratlos und meinten, dass es angeboren sein könnte. Außerdem war ich ein schlechter Esser und deshalb sehr dünn. Ich hatte fast nie Hunger und musste meistens zum Essen genötigt werden. Diese beiden Gründe führten dazu, dass ich zur Kinderlandverschickung ausgewählt wurde. Mein Vater schämte sich, dass ein Bauernkind zur Erholung aufs Land musste. Ich wurde einer Bauernfamilie in Pommern zugewiesen. Sie hatten zwar keine eigenen Kinder, wünschten sich aber von ganzem Herzen welche. Die Leute waren sehr liebevoll zu mir und lasen mir jeden Wunsch von den Augen ab. Mein Heimweh war jedoch so groß, dass ich weiter abnahm und nach zwei Wochen wieder nach Hause geschickt wurde. Das Beste an meiner Verschickung war die Fahrt mit der Eisenbahn, zum ersten Mal in meinem Leben, und das ganz alleine.

Obwohl ich also recht schnell von der Verschickung wieder zurück war, nahm ich danach doch alles ein wenig anders wahr. Vielleicht war mir bewusst geworden, dass die Welt nicht so einfach gestrickt war, wie ich es bis zu dieser unfreiwilligen Reise angenommen hatte. In unserem Dorf war für uns Kinder vorerst nicht so viel davon zu spüren. Die einzigen Dinge waren die verstärkte Propaganda, an die man sich fast schon gewöhnt hatte, und natürlich die Beschränkungen und Lebensmittelabgaben. Die Milch von unseren Kühen musste täglich mit dem Pferdewagen in die nahe Molkerei transportiert werden, wo dann die Menge und der Fettgehalt gemessen und dokumentiert wurden. Eines Morgens stand die Polizei auf unserem Hof und warf uns vor, die Milch mit Wasser zu panschen. Eine unserer Kühe, die wir Berta nannten, gab nur sehr dünne und wässrige Milch. Durch das Melken unserer Berta in Anwesenheit der Polizei konnten wir unsere Unschuld beweisen und der schwerwiegende Vorwurf wurde fallen gelassen. So etwas hätte zur damaligen Zeit sehr unangenehme Folgen haben können.

Es sollte aber noch viel schlimmer kommen. Eines Tages spielte ich mit meinen jüngeren Schwestern auf der Wiese hinter dem Haus. Plötzlich hörten wir unsere Mutter laut schreien. Sie wollte gar nicht mehr aufhören. Wir rannten ins Haus. Auch unser Vater kam aus der Scheune dazu. Meine Mutter ließ sich nicht beruhigen. Dann sahen wir warum. Auf dem Fußboden neben dem Tisch lag ein Schreiben mit der Nachricht, dass unser Bruder, der Ernst, gefallen war. Von dem Tage an war meine Mutter nicht mehr dieselbe. Auch unser Vater und wir Kinder waren unendlich traurig über den Tod des geliebten Sohnes und Bruders. Meine Mutter traf es jedoch am schlimmsten. Sie nahm wochenlang nicht mehr am Familienleben teil und lag häufig mit Migräne im Bett. In dieser Zeit übernahm unser Vater ihre Aufgaben.

Später erfuhren wir die Umstände seines Todes von einem seiner Kameraden. Als Ernst zur Wehrmacht eingezogen worden war, kam er zu den Pionieren. Man sagte, dass das eine sichere Sache sei und ihm da nichts passieren könne. Die Gefahr kam auch nicht von Feindeshand, sondern lauerte woanders. Er und seine Kameraden sollten Stromleitungen aufbauen oder zerstörte reparieren. Jeden Tag zwischen zwölf Uhr und dreizehn Uhr wurde der Strom eingeschaltet, damit man sich etwas kochen oder Radio hören konnte. Der für das Ein- und Ausschalten des Stromes Verantwortliche wollte noch ein Lied zu Ende hören und schaltete den Strom erst fünf Minuten später aus. Ernst war aber immer sehr akkurat und pünktlich und kletterte bereits wenige Minuten nach dreizehn Uhr den Mast hinauf, was ihm zum Verhängnis wurde.

Trotz aller Trauer musste das Leben für uns alle irgendwie weitergehen. In der Zeit kurz vor und während der ersten Kriegsjahre heirateten drei meiner vier älteren Schwestern und siedelten sich nach und nach in verschiedenen Ecken Deutschlands an. Die Hochzeitsfeiern fanden bei uns in Fallbach statt, fielen aber wegen der Umstände nicht übermäßig üppig aus. Meine Schwester Else hatte sogar nur eine Art Nothochzeit, wofür ihr Bräutigam nur zwei Tage Urlaub vom Kriegsgeschehen bekam. Auch er fiel später in den letzten Kriegstagen.

Ende 1944 wurde die Situation zunehmend bedrohlicher, denn die Front rückte vom Osten kommend immer näher. Die Stimmung der Leute wurde von Woche zu Woche schlechter. Nur einige wenige redeten von der Wunderwaffe, die alles ändern würde, und dass der Führer es nicht zuließe, dass der Russe deutschen Boden beträte. Aufgrund dieser Situation und wegen des Todes meines Bruders wurde bei uns das Weihnachtsfest 1944 nicht gefeiert. Stattdessen bereitete mein Vater alles ihm Mögliche für eine eventuelle Flucht in Richtung Westen vor. Er kontrollierte, ob der große Pferdewagen in Ordnung war, und pflegte und fütterte die Pferde jeden Tag mehr als nötig. Außerdem legte er nützliche Dinge wie extra Kleidung, Decken, haltbare Lebensmittel und Wertgegenstände bereit. Mitte Januar 1945 hörten wir im Radio, dass der Feind seine Winteroffensive begonnen habe und über die Weichsel in Richtung Schlesien, Posen und Ostpreußen vordringe. Dann ging es schnell.

Die Flucht

Einige Tage darauf waren wir auf der Flucht. Wir mussten bis auf wenige Dinge alles zurücklassen, das Haus, die Scheune mit dem Großteil der Ernte, die Tiere und vieles mehr. Mein Vater hatte zuvor alle Tiere losgemacht, den Stall und die Scheune geöffnet und überall Futter deponiert. So konnten sie sich auf unserem Grundstück frei bewegen und mussten erst mal nicht hungern. Er hatte die vage Hoffnung, dass wir vielleicht bald zurückkommen würden.

Die Flucht war der schrecklichste Abschnitt in meinem Leben. Wir fuhren im gemächlichen Schritttempo mitten in einer langen Kolonne durch knirschenden, teilweise hohen Schnee Richtung Westen. Es gab immer wieder Stopps, weil Armeefahrzeuge vorbeiwollten oder Pferde zusammenbrachen. Wir hatten es mit unserem großen Pferdewagen noch verhältnismäßig gut getroffen, wenn man der Situation überhaupt etwas Positives abgewinnen konnte. Andere zogen nur kleine Handwagen oder trugen Rucksäcke und Taschen. Wir waren zu fünft, meine Eltern, meine zwei kleinen Schwestern und ich und passten alle auf unseren Wagen. Meine Eltern hatten Angst, dass es uns wie vielen anderen gehen würde, wenn die Pferde nicht durchhielten. Daher hatte unser Vater einiges Heu wie auch Lebensmittel im Wagen versteckt. Sie sollten uns und die Pferde zumindest die erste Zeit über Wasser halten. Unser erstes Ziel war Görlitz, wo die Emmi lebte. Später wollten wir weiter zu Verwandten unserer Mutter ins Sudetenland.

Für die ungefähr zweihundert Kilometer brauchten wir knapp zwei Wochen, die es in sich hatten. Es war sehr, sehr kalt. Die Temperatur muss zeitweise unter minus fünfzehn Grad Celsius gelegen haben, vor allem nachts. Wenn das geschah, durften wir Kinder nicht schlafen. Unser Vater ließ uns vom Wagen absteigen und wir mussten daneben herlaufen. Nach einiger Zeit wurde ich müde und konnte nicht mehr gehen. Ich bat ihn, wieder auf den Wagen zu dürfen. Er verneinte das jedes Mal. Irgendwann ließ er mich aber doch hoch, neben sich auf den Kutschbock. Ich solle nicht einschlafen, meinte er immer wieder. Wenn meine Augen zufielen, stieß er mich mit seinem Ellenbogen in die Seite. Dasselbe machte er auch mit meinen Schwestern. Er hatte es nicht leicht, uns alle am Leben zu halten.

Es gab für mich noch ein weiteres Problem. Ich konnte als Kind nicht oder nur sehr ungern meine Notdurft in der Natur verrichten. Das änderte sich auch erst mal auf der Flucht nicht. Meistens wartete ich, bis wir an einem verlassenen Gehöft mit Toilettenhäuschen vorbeikamen, um das dann zu benutzen. Einmal ging ich auf ein Grundstück und öffnete die hölzerne Tür des Häuschens, als mir der steife Körper eines erfrorenen alten Mütterchens wie in Zeitlupe entgegenkam. Ich schob sie sofort wieder rein, schloss schnell die Tür und rannte zum Wagen zurück. Nach diesem Schockerlebnis prüfte ich jedes Mal die Lage, bevor ich die Tür ganz vorsichtig öffnete.

Eine andere beängstigende und lebensgefährliche Sache waren die Tiefflieger. So eine Situation mussten wir zweimal erleben. Vor dem ersten Mal verstand ich gar nicht, warum alle solche Angst davor hatten. Kurz vor dem Angriff hörten wir ein Brummen, das schnell immer lauter wurde. Dann rief jemand: „Tiefflieger!" und alle sprangen – meist schreiend – links und rechts in den Straßengraben. Manche suchten unter dem Wagen Schutz und drückten sich ängstlich in den Schnee. Jeder versuchte, sich so klein wie möglich zu machen. Als die Flugzeuge über uns waren und uns beschossen, hörten wir die Einschläge. Es klang eigenartig, wie eine Mischung aus Pfeifen und Rattern, am ehesten vergleichbar mit dem Geräusch einer Nähmaschine. Als die Flieger weg waren, kamen wir raus. Zuerst sah ich, dass einige fremde Pferde tot am Boden lagen, dann hörte ich einen Schrei. Eine Frau, die meist am Ende des Zuges gegangen war, beugte sich über einen toten Körper. Meist traf es Pferde, aber auch Alte, Kranke und Langsame, die nicht schnell genug in den Graben gekommen waren. Hin und wieder drehte jemand nach dem Beschuss durch. Dann wurde er von starken Männern festgehalten und ins Gesicht geschlagen. Wir hatten beide Male Glück und kamen ungeschoren davon.

Nach knapp zwei Wochen trafen wir bei meiner Schwester in Görlitz ein und wussten, dass wir nun wenigstens ein warmes Bett haben würden und erst mal einigermaßen sicher waren. Zu unserem Glück schaffte es auch meine Schwester Else nach Görlitz. Die Zeit vor ihrer Flucht hatte sie bei ihren Schwiegereltern verbracht. Dadurch nahm sie eine andere Route.

Einige Nachbarn aus dem Haus hatten noch überschüssiges Bettzeug und überließen es uns für die Zeit unseres Aufenthalts dort. Ein Nachbar sagte, dass es die Russen niemals über die Oder beziehungsweise die Neiße schaffen würden. Mein Vater glaubte nicht daran. Ich denke, er glaubte mittlerweile an nichts mehr.

Mitte Februar schauten wir eines späten Abends aus dem Dachfenster des Wohnhauses meiner Schwester in Richtung Westen. Dort waren ganz in der Ferne helle, diffuse Lichter am nächtlichen Horizont zu sehen. Ein älterer Mann, der auch in dem Haus wohnte, sagte, dass das Dresden sein müsse und das Christbäume seien. Christbäume? Ich konnte mir nichts darunter vorstellen. Er meinte, es wären von Flugzeugen abgeworfene Leuchtkugeln, die zur Beleuchtung der Stadt dienten, um sie besser bombardieren zu können. Wir sahen eine Zeit lang in diese Richtung. Ich erwartete, dass die Lichter bald erlöschen würden, tatsächlich blieb aber ein schwacher Schein bestehen. Es sah fast so aus, als würde dort gerade der Sonnenaufgang beginnen. Ich weiß nicht mehr, ob ich damals schon verstand, dass die Stadt brannte oder was das bedeutete. Von Tieffliegern beschossen zu werden, kannte ich, aber bombardiert zu werden, hatte ich zum Glück noch nicht erlebt.

Einige Tage später, am 23. Februar, ereilte uns der nächste Schicksalsschlag. Meine Mutter starb. Sie wachte einfach nicht mehr auf. Bei allem, was bis dahin geschehen war, war das der größte Stich ins Herz. Ich musste tagelang weinen. Meiner Meinung nach gab es für ihren Tod keinen wirklichen medizinischen Grund. Sie war seit dem Tod ihres Sohnes ein anderer Mensch gewesen, sehr zurückgezogen, nachdenklich und in sich gekehrt. Ich hatte sie seitdem nie mehr lachen gesehen. Und nun noch der Verlust ihres Zuhauses. Das war einfach zu viel für sie gewesen.

Nach dem Tode meiner Mutter entschieden wir, nicht weiter ins Sudetenland zu ziehen, sondern das Kriegsende in Görlitz abzuwarten. Wie sich herausstellte, war das eine ganz gute Entscheidung. Es sollte noch bis zum 7. Mai dauern, bevor Görlitz den sowjetischen Truppen kampflos überlassen wurde. Auch darauf hatten wir uns vorbereitet. Mein Vater verpackte den noch verbliebenen goldenen Schmuck unserer verstorbenen Mutter, der aus dem Ehering, einer Kette und den Ohrringen bestand, in einen Beutel. Dann hängte er ihn an einem Faden aus der Dachluke heraus in die Dachrinne des Hauses. Wir wollten ihn bei bevorstehenden Plünderungen nicht verlieren. Jedes Mal, wenn Soldaten mit dem Gewehrkolben an die Haustür klopften, versteckten wir Frauen und Mädchen uns in einer schwer zugänglichen Dachkammer. Wir hörten von anderen Geflüchteten von Vergewaltigungen und wollten es nicht darauf ankommen lassen. Am liebsten möchte ich gar nicht mehr darüber reden.

Nach einigen Wochen hatte sich die Lage weitgehend entspannt und wir beschlossen, wieder zurück nach Fallbach zu gehen. Mein Vater meinte, dass man nach jedem bisherigen Krieg immer wieder nach Hause zurückkehren konnte, wenn die fremde Armee abgezogen war. Diesmal war es anders, die fremde Armee zog sich nicht zurück.

Heimkehr

Auf dem Rückweg nach Fallbach war die Situation für uns ganz anders, verglichen mit der Flucht im Januar. Einerseits hatten wir keinen Pferdewagen als Transportmittel mehr und mussten uns zu Fuß durchschlagen oder mussten schauen, dass uns jemand ein Stück mitnahm. Unsere Pferde waren inzwischen in den Mägen der hungernden Einwohner von Görlitz gelandet. Andererseits war es dafür recht mild und in den leeren Gehöften gab es vereinzelt Erdbeeren und erste Kirschen an den Bäumen. Außerdem konnte man Löwenzahn stechen, der unterwegs massenhaft wuchs, und andere Kräuter sammeln. Allerdings musste man sehr vorsichtig sein, da sich überall plündernde Marodeure herumtrieben.

Ich erinnere mich da an eine Begebenheit, bei der wir wieder einmal großes Glück hatten. Wir übernachteten in einer verlassenen Scheune. Als wir schon von Weitem jemanden herankommen hörten, versteckten wir uns eilig hinter einer Wand aus Strohballen. Der Plünderer schimpfte und fluchte auf Russisch vor sich hin und begann, systematisch mit dem Bajonett durch das Stroh zu stoßen. Wir zitterten vor Angst und verhielten uns mucksmäuschenstill. Ich glaube auch, dass jeder für sich in Gedanken betete. Ich tat es jedenfalls. Als er kurz davor war, uns zu erreichen, hörten wir Hundegebell und herannahende Männerstimmen. Daraufhin verschwand der Plünderer so schnell, wie er gekommen war. Wir blieben noch bis zum Tagesanbruch hinter der Strohwand versteckt und setzten dann unsere Heimreise fort.

Einige Tage später kamen wir zu Hause an, zumindest dort, wo einst unser Zuhause gewesen war. Das Wohnhaus existierte nicht mehr. Es standen nur noch ein paar Grundmauern. Unsere Scheune war zum Glück noch unversehrt. Ein anderer Rückkehrer erzählte uns, dass die Russen, als sie auf deutschen Boden gekommen waren, in den ersten drei Dörfern alle Häuser niedergebrannt hatten. Danach nur noch jedes zweite. Leider betraf es auch unser Haus. Fallbach war das vierte Dorf hinter der Grenze.

Auch um unsere Tiere war es traurig bestellt. Die meisten waren verschwunden. Die Kadaver einiger Kühe und Pferde lagen noch herum. Vor allem konnte man sie riechen. Unser Vater machte sich daran, sie so schnell wie möglich zu vergraben. Wir Kinder durften dabei nicht zusehen und mussten uns fernhalten. Wenigstens hatten sie unsere Scheune stehen lassen und wir konnten dort unterkommen.

Außer uns kamen nur wenige Bewohner unseres Ortes zurück. Einige Häuser weiter hatte ein russischer Offizier mit zwei Untergebenen so etwas wie eine Kommandantur eingerichtet. Er ritt immer auf einem weißen Pferd auf Inspektion durch unseren Ort und die umliegenden Dörfer. Wir nannten ihn den Schimmelreiter. Offensichtlich hatte er jetzt das Sagen in unserer Gegend. Um Missverständnisse zu vermeiden, stellte sich mein Vater bei ihm vor und erklärte ihm mit Händen und Füßen, dass wir vor dem

Krieg hier wohnten und uns hier wieder niederlassen wollten. Der Offizier stimmte zu. Er hatte uns natürlich schon von Anfang an bemerkt und hätte die Rückkehr auf unser Grundstück verhindern können, was er jedoch nicht tat. Schließlich war ganz Schlesien von der Sowjetarmee erobert worden und stand nicht mehr unter deutscher Kontrolle.

Nach und nach stellten wir fest, dass unser Schimmelreiter ein guter Mensch war und uns beschützte. Er half uns aus so mancher gefährlichen Situation heraus. Eines Vormittags hörten wir Stimmen und sahen, dass neue russische Soldaten durch unseren Ort kamen. Sie bemerkten uns und einer von ihnen kam auf uns zu. Mein Vater sah das und sagte, dass wir das machen sollten, was wir für solch einen Fall besprochen hatten. Daraufhin legte meine große Schwester Else ihre Arme um unseren Vater und tat so, als seien sie Eheleute. Ich klammerte mich an ihre Schürze und jammerte die ganze Zeit: „Mama, Mama." Der Soldat gab uns zu verstehen, dass er jetzt an der Reihe sei und die Frau, meine Schwester, mit ihm in die Scheune kommen und ihm zu Willen sein solle. Wir konnten ihn mit unserem theaterreifen Stück noch eine Weile hinhalten, obwohl er nicht lockerließ und immer energischer wurde. Plötzlich kam der Schimmelreiter im Galopp aufs Grundstück geritten. Er hatte mitbekommen, dass eine neue Einheit durch die Gegend zog, und ahnte, was passieren könnte. Er sprang vom Pferd und schrie den Soldaten an. Um dem Ganzen noch Nachdruck zu verleihen, zog er seine Pistole aus dem Halfter. Daraufhin stand der Soldat stramm und rannte dann im Laufschritt zurück zu seinen Kameraden.

Ein anderes Mal drohte es ähnlich brenzlig zu werden. Wir Mädchen konnten aber noch rechtzeitig in unser großes Taubenhaus flüchten, da wir die russischen Soldaten schon von Weitem kommen sahen und hörten. Unser Vater nahm dann die Leiter weg und versteckte sie in der Scheune unter dem Heu, um keinen Verdacht zu erwecken. Wir waren noch ein paar Mal in gefährlichen Situationen, hatten aber immer großes Glück. Meine Schwestern und ich konnten uns immer einer drohenden Vergewaltigung entziehen. Aus diesem Grund glaube ich an einen lieben Gott.

Nun begannen wir, uns auch wieder häuslich einzurichten, zumindest so gut es unter diesen Umständen möglich war. In einem Nachbargehöft, das noch unzerstört, aber unbewohnt war, fanden wir noch einige Teller und Töpfe, einige Decken und Kleidungsstücke. Die größte Überraschung war jedoch eine unserer Kartoffelmieten, die von den Russen nicht entdeckt worden war. Die hatte mein Vater nach der letzten Ernte im Herbst angelegt. Darin fanden wir auch Sellerie und Möhren. Das meiste war noch essbar und so waren wir für die nächste Zeit versorgt. Mein Vater begann auch gleich einen Teil der Kartoffeln in unserem Garten in ein vorbereitetes Beet zu stecken, um so bereits jetzt für den kommenden Winter vorzusorgen.

Eine Anmerkung zur Rückkehr auf unser Grundstück, die mir sehr am Herzen liegt, möchte ich noch machen. Als wir wieder zu Hause angekommen waren, bemerkte ich meine Lieblingsblumen. Es war zwar schon Anfang Juni, aber einige Maiglöckchen blühten noch vereinzelt im Schatten einer Hecke. Dieser vermeintlich unbedeutende Umstand ließ mich optimistisch in die Zukunft schauen und glauben, dass wir hier wieder glücklich sein könnten. Deshalb sprach ich auch später immer von Heimatblumen, wenn ich Maiglöckchen meinte.

Enteignung

Eines Tages, es war im Hochsommer 1945, änderte sich wieder alles. Unsere Gegend wurde polnisches Staatsgebiet. Die Russen zogen ab und die Polen kamen. Ab dem Zeitpunkt wehte ein anderer Wind. Wir durften nicht mehr auf unserem Grundstück bleiben und wurden auf die umliegenden Güter verteilt. Damit waren wir enteignet. Wir Mädchen waren ab dem Zeitpunkt einige Kilometer von unserem Vater getrennt. Auf jedem der ehemals deutschen Güter waren mehrere Dutzend Deutsche zur Feldarbeit untergebracht. Sie wurden von polnischen Aufsehern bei der Arbeit überwacht. Was mit den Vorbesitzern dieser meist großen Ländereien geschehen war, kann ich nicht sagen. Für uns gab es nur karge Rationen, zum Leben zu wenig und zum Sterben zu viel. Sie bestanden meistens aus einer dünnen Suppe und etwas Brot. Mir machte das nicht so viel aus, da ich, wie bereits gesagt, ein schlechter Esser war. Christel hatte im Gegensatz zu mir ständig Hunger und weinte immerzu. Ich gab ihr einen Teil meiner Ration. Auch mein Vater gab ihr oft das meiste von seinem Brot, wenn er uns abends hin und wieder besuchen kam. Er sagte dann, er hätte schon gegessen, obwohl ich wusste, dass das nicht stimmte. Von Zeit zu Zeit besorgten wir uns Zuckerrüben, die wir für unsere Besatzer auf den Feldern anbauten, und kochten davon Sirup, was wesentlich dazu beitrug, diese karge Zeit zu überstehen. Nachts wurden zwei, drei mutige Männer losgeschickt, die Rüben zu organisieren. Damit es nicht auffiel, wurden diese vereinzelt an verschiedenen Stellen des Feldes herausgerissen und die Löcher verschlossen. Wenn die Aufseher nicht anwesend waren, wurden die Rüben gewaschen, geraspelt und aufgekocht. Nach dem Auspressen mittels eines Tuches konnte der Saft in einer Blechschüssel eingekocht werden. Der Sirup wurde dann unter den Deutschen aufgeteilt. Auch heute noch liebe ich den Geschmack von Rübensirup auf frischem Brot.

Die Feldarbeit machte mir nichts aus. Die war ich ja schon von früher gewohnt. Dazu fällt mir allerdings die Geschichte mit der zerbrochenen Hacke ein. Als wir eines Tages auf dem Feld Rüben verzogen, zerbrach ein älterer Mann sein Arbeitsgerät. Es sah so aus, als ob er das mit Absicht getan hatte. Der polnische Aufseher fackelte nicht lange, nahm den zerbrochenen Stiel und verprügelte ihn damit, bis er jammerte. Im selben Augenblick löste sich das Metallteil meiner Hacke vom Stiel. Vor Angst sank ich auf die Knie, umfasste das Metallteil mit meinen Händen und arbeite vor Angst hastig weiter. Plötzlich hörte ich die Schritte des Aufsehers hinter mir und mein Herz klopfte bis zum Hals. Ich konnte es kaum glauben: Er hob den Stiel auf, bückte sich zu mir runter, nahm mir das Metall aus den Händen und reparierte sie. Ich war erleichtert, dass ich wieder einmal Glück hatte.

Da war auch noch die Sache mit den drei polnischen Mädchen. Sie waren etwa in meinem Alter und gehörten zu den Familien der Aufseher. Es machte ihnen Spaß, mich ständig zu beschimpfen, wenn sie mich sahen. Heute würde man mobben dazu sagen. Am Anfang verstand ich ihre Worte nicht, ich konnte ja kein Polnisch. Mit der Zeit lernte ich, einiges zu verstehen und sogar etwas zu sprechen. Außerdem ließen ihr Gehabe und ihre Ausdrucksweise keinen Zweifel daran, was sie meinten und von mir hielten. Hin und wieder warfen sie auch mit Steinen nach mir. Damals ärgerte ich mich sehr darüber und traute mich nicht, mich zu wehren. Heute kann ich die Mädchen verstehen. Wir Deutschen hatten damals der polnischen Bevölkerung viel Schlimmes angetan.

Neue Heimat

Nach knapp zwei Jahren war unser Aufenthalt in der alten Heimat endgültig beendet. Die Vertreibung war wenig spektakulär. Auf Anordnung der polnischen Behörden hatten wir Schlesien zu verlassen. Zudem merkten wir, dass wir hier keine Zukunft haben würden. Schlesien war jetzt endgültig polnisch und als Deutsche hätten wir viele Nachteile in Kauf nehmen müssen.

Wir gingen als Erstes wieder nach Görlitz zur Emmi und ihrem Mann Joachim, der inzwischen aus der Kriegsgefangenschaft entlassen worden war und auch dort wohnte. Unser Aufenthalt bei ihnen war auf Dauer jedoch keine Lösung, denn sie hatten mittlerweile eine kleine Tochter und der Platz wurde knapp. Zu dieser Zeit erfuhren wir, dass die Verwandten meiner Mutter das Sudetenland hatten verlassen müssen und in Neukirch in der Lausitz ein neues Zuhause gefunden hatten. Also beschlossen wir, dort unser Glück zu versuchen.

Erwartungsgemäß wurden wir mit offenen Armen empfangen. Neukirch war der erste Ort, an dem wir nach der schlimmen Zeit wieder einigermaßen glücklich sein konnten. Ich ging dort noch mal zur Schule und absolvierte die achte Klasse. Auch fand ich neue Freunde.

Am Palmsonntag 1948 wurde ich mit sechzehn Jahren in der evangelischen Kirche zu Neukirch konfirmiert. Ich kann mich noch an meinen Konfirmationsspruch erinnern:

Befiehl dem Herrn deine Wege und hoffe auf ihn, er wird's wohlmachen. (Psalm 37,5)

Er passte auch irgendwie zu meinem Schicksal, zu meinem bisherigen und zu meinem zukünftigen.

Mein Vater lernte eine neue Frau kennen. Ihr Name war Else. Sie hatte den gleichen Vornamen wie meine Schwester. Und weil ich weiß, dass du mich jedes Mal fragst, welche von beiden ich meine, nenne ich sie ab jetzt Stiefmutter oder Frau meines Vaters. Sie hatte ebenfalls flüchten müssen und hatte ihren Mann im Krieg verloren. Ihre Familie hatte vor deren Flucht in Oberschlesien eine Fleischerei und ein Gasthaus besessen, die ebenfalls in polnischen Besitz übergegangen waren. Charakterlich unterschieden sich mein Vater und seine neue Frau doch recht deutlich. Sie war streng katholisch und sehr auf gutes Ansehen bedacht. Mein Vater war dagegen weiterhin ein Freigeist. Aber sie schienen sich zu lieben, und das war das wirklich Wichtige.

Es dauerte auch nicht lange und sie heirateten. Mir machte es nicht so viel aus, eine Stiefmutter zu haben. Hauptsache, mein Vater war glücklich und konnte ab und zu mal wieder lachen. Unter uns gesagt, ich sah sie nicht wirklich als meine Mutter, sondern immer als die Frau an der Seite meines Vaters.

Bei allem Positiven hatten wir in unserer neuen Heimat ein gravierendes Problem. Mein Vater fand in und um Neukirch keine einträgliche Arbeit und meine Stiefmutter hatte gewisse Ansprüche. Wieder mal fügte sich auch hier unser Schicksal zum Guten. Meine älteste Schwester, die Erni, wohnte inzwischen mit ihrem Mann Gustel in Schkopau. Schkopau liegt südlich von Halle an der Saale, damals gehörte das zur sowjetischen Besatzungszone. Gustel arbeitete im dort ansässigen Chemiebetrieb, den Buna-Werken. Er hatte zur IG Farben gehört und war 1945 enteignet und in eine sowjetische Aktiengesellschaft umgewandelt worden. Erni wiederum kümmerte sich um den Haushalt des Werksleiters. Sie nutzte ihre guten Beziehungen und fragte ihren Chef, ob ihr Vater und seine neue Frau in Schkopau eine Wohnung bekommen könnten. Und ob es für ihn eine lukrative Arbeit in den Buna-Werken gab. Es klappte.

Wir zogen alle nach Schkopau, mein Vater mit seiner Frau in eine Mansardenwohnung in der Werkssiedlung und wir vier Töchter ins werkseigene Ledigenwohnheim. Mein Vater bekam eine für damalige Verhältnisse überdurchschnittlich gut bezahlte, aber auch schwere Arbeit in der Karbidproduktion des Werkes. Ich arbeitete wieder auf dem Feld, denn zum Chemiewerk gehörten nicht nur Wohnungen und ein Schwimmbad, sondern auch Ländereien. Glücklicherweise wurde ich diesmal sogar dafür bezahlt. Als dann noch jemand mit guten Schreib- und Rechen-fähigkeiten für eine stundenweise Bürotätigkeit gesucht wurde, bewarb ich mich dafür. So konnte ich ab und zu in der Schreib-stube der russischen Kommandantur aushelfen und mich von der Feldarbeit erholen. Ich verdiente damals neunzig Mark im Monat. Mein Vater kam an jedem Lohntag und nahm fünfzig Mark mit.

Für sich selbst?

Ja. Und natürlich für seine Frau.

Das hätte ich mir nicht gefallen lassen! Du hast ja nicht mal bei ihm gewohnt! Da bin ich aber jetzt von ihm sehr enttäuscht.

Das war damals so.

Zwischen meinem Vater und der Erni herrschte mittlerweile di-cke Luft. Sie besuchten sich plötzlich nicht mehr, obwohl sie nur dreihundert Meter voneinander entfernt wohnten. Den genauen Grund kenne bis heute nicht. Es wurde nie darüber gesprochen, ich habe allerdings auch nie gefragt. Ich denke, dass Erni die neue Stiefmutter nicht akzeptieren wollte und beide charakterlich zu unterschiedlich oder vielleicht zu ähnlich waren.

Die Frau meines Vaters konnte hin und wieder schon sehr ver-letzend sein. Sie sagte einmal, dass sie einiges entbehren musste, weil sie schließlich die drei kleinen Kinder ihres neuen Mannes großgezogen habe, und meinte damit mich und meine jüngeren Schwestern. Ich habe das so hingenommen und um des lieben Friedens willen nicht widersprochen, obwohl ich wusste, dass das nicht stimmte. Wären wir sonst im Ledigenwohnheim ge-landet?

Wir Mädchen vom Wohnheim hatten aber trotzdem eine schöne Zeit. Wir waren viel tanzen und gingen oft ins Kino. Um zum Kino zu kommen, mussten wir vier Kilometer laufen. Selbst das war immer schon sehr lustig in der Meute mit vielen anderen Jugendlichen. Ich kann mich auch noch an den Film „Das Wirtshaus im Spessart" erinnern, den wir in Ammendorf, einem Ortsteil von Halle, sahen.

Wie ich bereits sagte, waren wir öfters tanzen. Meine Freundinnen vom Wohnheim hatten immer mal wieder den einen oder anderen Freund. Es war allerdings so, dass man nicht gleich mit dem Erstbesten ins Bett ging. Damals herrschten noch andere Sitten. Man wurde zum Tanzen aufgefordert und dann auch wieder an den Tisch gebracht. Man merkte, dass ein Junge Interesse hatte, wenn man mehrmals an einem Abend vom gleichen aufgefordert wurde. Und wenn er fragte, ob er diejenige nach Hause bringen durfte, hatte man einen Verehrer. Allerdings endete es bei der Empfangsdame an der Wohnheimtür. Wenn man nicht abgeneigt war und es zuließ, gab es noch einen Gutenachtkuss.

Na, jedenfalls hatten die anderen ständig Freunde und ich hatte keinen. Obwohl ich einige Verehrer hatte, gefiel mir keiner von denen. Der eine war sehr aufdringlich und ordinär und machte immer anzügliche Witze. Ein anderer hatte eine steife Hand und hielt politische Monologe. Die waren alle nichts für mich. Meine Freundinnen nervten mich jedoch immer wieder, ich solle mir nun endlich auch einen Freund anschaffen. Ich solle nicht so lange warten, bis für

mich einer gebacken würde. Irgendwie hatten sie ja recht, und ich schaute mich in den nächsten Wochen um, wer mir denn so alles gefallen könnte. Und so geschah es.

Eines Tages, oder besser gesagt eines Abends fiel mir Richard auf, dein Vater. Er schaute immer zu mir rüber und es dauerte auch nicht lange, bis er mich das erste Mal zum Tanzen aufforderte. Er brachte mich an dem Abend auch zum Wohnheim. Das wiederholte sich dann an den darauffolgenden Samstagen. Als wir uns nach einigen Wochen besser kennengelernt hatten, lud er mich zu sich nach Hause ein. Da ich mir sicher war, dass aus unserer Beziehung etwas Festes werden könnte, willigte ich ein.

Sein voller Name war Hermann Richard Wagner. Er wurde aber nur Richard gerufen. Dass er zehn Jahre älter war als ich, störte mich nicht. Richard hatte vor dem Krieg Kaufmann gelernt und war in den Buna-Werken als Materialdisponent tätig. Nun könnte man denken, dass der Name Richard Wagner verpflichtet. Ich hatte noch nie und habe auch später nie mehr einen unmusikalischeren Menschen gesehen als meinen Richard. Er konnte nicht mal richtig pfeifen, geschweige denn singen oder ein Instrument spielen. Als Kind war ihm einmal eine Blockflöte geschenkt worden, was sich aber sehr schnell als Fehlinvestition herausgestellt hatte.

Richard wohnte mit seiner Mutter, die Anna hieß, in einer dörflichen, wenig ansehnlichen Altbauwohnung in Bad Lauchstädt zur Miete. Bad Lauchstädt liegt etwa zehn Kilometer westlich von Schkopau. Sein Vater war kurz nach dem Krieg an Tuberkulose gestorben. Die Wohnung und die Nebengebäude lagen um einen Innenhof herum. Gegenüber dem Wohnbereich befanden sich die Ställe für die Hühner, die Kaninchen und die Tauben. Allerdings waren die Wohnräume nicht zusammenhängend und es befanden sich auch zwei Zimmer über den Stallungen.

Die Wohnsituation gefiel mir gar nicht, seine Mutter aber war eine herzensgute Frau. Sie ging für ihren Sohn, ihr einziges Kind, durchs Feuer.

Sie ließ sich auch sonst nichts gefallen, wenn sie der Meinung war, im Recht zu sein. Da gab es den Vorfall mit dem amerikanischen Soldaten und ihrem Fahrrad, den mir eine Nachbarin berichtete. Im April 1945 kamen die Amerikaner durch Bad Lauchstädt. Anna fuhr gerade mit ihrem Fahrrad vom Feld nach Hause. Einer der Soldaten hatte keine Lust mehr zu laufen und wollte ihr Rad. Er schubste sie und griff nach dem Lenker. Sie sprang herunter und hielt den Lenker von der anderen Seite fest. Beide zogen in die entgegengesetzte Richtung und keiner wollte loslassen. Anna riss es durch einen kräftigen Ruck an sich, wobei es umfiel. Sie warf sich darauf und klammerte sich am Rahmen fest. Die Kameraden des Soldaten sahen das Schauspiel, johlten und klatschten Beifall. Dadurch wurde der Soldat verlegen und trottete gedemütigt davon.

Richard blieb vom Krieg auch nicht verschont. Er erzählte mir, dass er 1939 gleich mit achtzehn Jahren zum Arbeitsdienst nach Polen eingezogen worden war. Nach zwei Jahren hatte er als Funker in einer Nachrichtenkompanie zu dienen. Kurz vor Kriegsende wurde er in Rumänien gefangen genommen, und das nur wegen der Fresserei, wie man so schön sagt. Er und seine Kameraden hatten bei einem Pfarrer Quartier bezogen. Als in der Früh russische Panzer durchs Dorf fuhren, sprangen alle in ihre Sachen und rannten durch den Hinterausgang davon. Nur mein Richard wollte noch den Kuchen, den sie am Abend zuvor von ihrem letzten Mehl gebacken hatten, aus der Kammer holen und mitnehmen. Zu spät! Als er das Gebäude verließ, bekam er einen Durchschuss an der rechten Wade. Die nächste Station war das russische Gefangenenlager. Für Anna brach eine Welt zusammen, als sie von seiner Gefangennahme erfuhr. Allerdings wurde er bereits im Frühherbst 1946 aus der Kriegsgefangenschaft entlassen. Seine Mutter hörte von einer Nachbarin, als sie aus ihrem Schrebergarten kam, dass ihr Sohn gesehen worden war. Sie eilte, so schnell sie konnte, nach Hause. Das war ein Wiedersehen mit vielen Freudentränen. Richard redete nur sehr ungern über den, wie er sagte, sehr unschönen Abschnitt seines Lebens.

Richard war ein hübscher, überaus stolzer, arbeitsamer, aber auch sehr konservativer Mann. Außerdem war er hin und wieder etwas feige. Er war froh, wenn man ihm die unangenehmen Dinge des Lebens abnahm, wie es bis dahin seine Mutter getan hatte. Nun wurde das zu meiner Aufgabe. Ich war gewillt, seine kleinen Fehler zu übersehen, die sich allerdings im Laufe des Lebens verstärkten. Na ja, wo die Liebe hinfällt.

Wir zwei Frauen verstanden uns gleich auf Anhieb. Anna brachte mir viel Herzlichkeit und großes Vertrauen entgegen, sodass ich mich in ihrer kleinen Familie wohlfühlte. Schließlich war ich gewillt, die Frau ihres geliebten Sohnes zu werden.

Um von Schkopau nach Bad Lauchstädt zu gelangen, musste ich das erste Stück der Strecke mit der Straßenbahn fahren und dann auf die Eisenbahn umsteigen. Der Fahrpreis für die einfache Strecke betrug damals eine Mark und zwanzig Pfennig. Da wir aber noch nicht verheiratet oder wenigstens verlobt waren, musste ich abends immer zurückfahren. Die zwei Mark und vierzig Pfennig pro Besuch waren viel Geld für mich, das ich mir sparen wollte. Ein Fahrrad musste her!

Dafür hatte ich einen Plan. Als mein Vater das nächste Mal kam, um die fünfzig Mark abzuholen, nahm ich all meinen Mut zusammen und schickte ihn unverrichteter Dinge nach Hause. Ich sagte ihm, dass ich jetzt öfters meinen Freund besuchen werde und deshalb ein Fahrrad benötige und nichts von meinem Lohn mehr abgeben könne. Von dem Tage an kam er nie wieder, um einen Teil meines Verdienstes zu holen. Trotz dieser Sache hatten mein Vater und ich weiterhin ein gutes Verhältnis zueinander und besuchten uns auch weiterhin.

Auch meine beiden jüngeren Schwestern fanden Partner und zogen eine nach der anderen aus dem Ledigenwohnheim aus. Helga lernte einen jungen Mann aus Merseburg kennen. Nachdem sie geheiratet hatten, beschlossen sie, nach Frankfurt am Main zu ziehen. Dort fanden sie eine Wohnung in der Innenstadt und bekamen zwei Jungen. Christel heiratete nach Ilsenburg, einer kleinen Stadt am Nordrand des Harzes. Sie wohnte mit ihrem Mann Herbert in einem Haus am Ortsausgang in Richtung Brocken. Sie bekamen einen Jungen und drei Mädchen. Alle paar Jahre besuchten wir sie, vor allem wenn Feierlichkeiten anstanden. Bei keinem Besuch durfte eine Pilzwanderung fehlen, denn Herbert war Pilzberater und als Einheimischer sehr naturverbunden.

1952 gab es auch für mich große Veränderungen. Richard und ich hatten uns verlobt und ich zog nun aus dem Wohnheim aus und bei ihm und seiner Mutter ein.

Beruflich machte ich in diesem Jahr ebenfalls einen großen Schritt in die richtige Richtung. Ich wechselte innerhalb der Buna-Werke die Arbeitsstelle, sagte den Feldern Ade und begann als Werkstattschreiberin. Meine neue Arbeit umfasste alles vom Ausführen von Materialbestellungen bis hin zum Bearbeiten von Stechkarten. Das kam meinen Rechen- und Organisationskünsten entgegen.

Aber da war wieder mein Problem mit dem zu hohen Blutdruck. Der Betriebsarzt war bei der Einstellungsuntersuchung entsetzt gewesen und meinte, dass die 190 zu 95 viel zu hoch sei und dass da unbedingt was unternommen werden müsse. Er verschrieb mir Tabletten, die ich auch einnahm. Den Termin für den nächsten Arzttermin ließ ich dann aber verstreichen.

Na ja, auf jeden Fall hatte ich mich bei meiner neuen Familie eingerichtet und ziemlich schnell eingelebt. Das war nicht schwer, denn ich hatte so gut wie keine Möbel und auch nicht übermäßig viele Sachen zum Anziehen mitgebracht. Es passte alles in die vorhandenen Schränke. Ein Bekannter von Richard war Tischler. Er fertigte für mich ein Bett an, im Austausch für einen Kaninchenbraten. Auch begann ich gleich, Verbesserungen der Wohnsituation durchzusetzen. Der Innenhof wurde mit Steinplatten ausgelegt, um bei Regen keinen Schlamm in die Wohnung zu tragen. Der Schlamm war vor allem nachts sehr unschön, wenn man auf die Außentoilette musste. Fast noch wichtiger war die Überdachung des Wäscheplatzes. Die Tauben nahmen keine Rücksicht auf die zum Trocknen aufgehängten Kleidungsstücke. Da Richard die Tauben nicht abschaffen wollte, musste eine Überdachung her. Meine zukünftige Schwiegermutter war froh, dass jemand da war, die sich einerseits um ihren Sohn kümmerte, sich aber andererseits auch gegen ihn durchsetzen konnte. Sie konnte das nie.

Einige Wochen nach meinem Einzug hatte ich ein sehr unangenehmes oder besser gesagt böses Erlebnis, das mein weiteres Handeln in meinem ganzen Leben prägen sollte. Ich hörte zufällig, wie eine Nachbarin auf der Straße unweit unseres Hauses schlecht über mich oder besser gesagt über meine Herkunft sprach. Sie sagte zu meiner zukünftigen Schwiegermutter: „Anna, konnte dein Richard keine vernünftige Frau finden? Musste es so eine Dahergelaufene sein? Es gibt doch so viele andere in unserem Ort." Als ich das hörte, stach es mir ins Herz und riss mir fast die Füße weg. Ich wusste nicht, ob ich weinen oder wütend werden sollte. Es war wahrscheinlich eine Mischung aus beidem. Ich eine Dahergelaufene?! Wir hatten in Schlesien mehr Grund und Boden und Vieh gehabt als alle hiesigen Nachbarn zusammen! Und dann dieses

Getratsche! Und ja, ganz Deutschland hat den Krieg begonnen und andere Völker überfallen, nicht nur wir Schlesier. Aber wir wurden bestraft und vertrieben. Die konnten froh sein, dass ihnen das erspart blieb. Als mein Ärger darüber einigermaßen verraucht war, nahm ich mir vor, es allen zu zeigen. Ja, allen zu zeigen, dass ich etwas wert war und sehr viel erreichen konnte, obwohl ich hier mit nahezu nichts neu anfangen musste. Wie gesagt, das prägte ab jetzt mein ganzes Leben.

Richard und ich führten eine glückliche Beziehung und nach der Hochzeit dann auch eine glückliche Ehe. Es gab nicht sehr oft Streit, zumindest nicht mehr, als in einer durchschnittlichen Ehe üblich ist. Auch konnten wir Probleme sehr einvernehmlich lösen.

Ein Beispiel dafür ist unser Schrebergarten gleich im Ort mit einer kleinen Holzlaube, der in meinem Leben noch eine zentrale Rolle spielen würde. Dieser Schrebergarten war früher von Richards verstorbenem Vater bewirtschaftet worden. Ich merkte schnell, dass er zwar von ihm perfekt angelegt worden war, aber über die Jahre unsachgemäß bearbeitet wurde. Im Klartext: Die beiden hatten keine Ahnung von Gartenarbeit. Da ich aus der Landwirtschaft kam, zeigte ich ihnen einige grundlegende Dinge darüber. Später erzählte mir Richard, dass sein Vater seine Frau und ihn am liebsten vom Garten ferngehalten hätte, um Schaden zu verhindern. Und tatsächlich habe ich Anna auch mehrmals gesehen, wie sie beim Obsternten ohne Rücksichtnahme quer über die bepflanzten Beete lief. Dabei zertrat sie immer wieder die Pflanzen. Das musste sich unbedingt ändern.

So kamen wir überein, dass sich Richard um die Blumen, Zierpflanzen und Obstbäume kümmerte und ich mich um das Gemüse und das Beerenobst. Keiner sollte sich bei dem anderen einmischen, es sei denn, er wurde darum gebeten. Und Anna sollte ausschließlich auf den Wegen bleiben. Es hatte einen praktischen

Grund, warum ich die für unsere Ernährung nützlicheren Pflanzen in meine Obhut nahm. Anfang der Fünfzigerjahre herrschten noch die sogenannten schlechten Zeiten, in denen man viele Lebensmittel nur auf Marken kaufen konnte. Und Erdbeeren, Gurken und Tomaten waren in der inzwischen gegründeten DDR ohnehin so gut wie nie im Laden zu bekommen.

In dem Zusammenhang kam mir eine weitere Fähigkeit zugute, die ich mir von meiner Mutter abgeschaut hatte: das Einwecken. Ich kochte für die Wintermonate so gut wie alles ein, angefangen von Erdbeeren über Kirschen, Äpfel, Birnen bis hin zu Bohnen und sogar Gurkensalat. Möhren und Kohlrabi wurden in einer Miete im Garten gelagert. Das war etwas, was sich Richard von seinem Vater abgeschaut hatte. Unser Schrebergarten war damit Erholungsort und Speisekammer gleichermaßen.

Unser Garten war auch ein wesentlicher Grund, warum uns mein Vater von Zeit zu Zeit besuchen kam. Er fragte dann immer nach frischem Obst und Gemüse. Wir gaben ihm auch meistens etwas mit, aber natürlich nur in vernünftigen Mengen. Erdbeeren und Kirschen waren bei ihm besonders gefragt. Ich bin mir sicher, dass ihn meine Stiefmutter beauftragt hatte. Wenn ich ehrlich bin, muss ich sagen, dass ich ihm auch gern etwas mitgab. Ich genoss es, um etwas gebeten zu werden. Mein Vater kam aber auch, weil er sich nach mir erkundigen wollte. Ihm war es wichtig festzustellen, ob es mir gut ging. Zur damaligen Zeit waren bei uns die Telefone noch nicht so verbreitet wie heutzutage. Deshalb musste er nach Bad Lauchstädt kommen, wenn er mit mir reden wollte.

Ein Diskussionspunkt bei seinen Besuchen waren immer der Zeitpunkt und Ablauf unserer geplanten Hochzeit. Im Prinzip waren wir uns alle einig. Es sollte keine zu große und zu pompöse Feier werden, im Wesentlichen nur für die Familie. Für Freunde,

Arbeitskollegen und Nachbarn war schließlich der Polterabend da.

Unsere Hochzeit

Am Sonnabend, den 4. September 1954 war es so weit: Richard und ich heirateten in der evangelischen Kirche zu Bad Lauchstädt.

Es war wunderschön und feierlich. Ich trug ein weißes Brautkleid, das eine Bekannte meiner Schwiegermutter für wenig Geld genäht hatte. Ein Schleier in meinem Haar komplettierte mein Aussehen. Richard war mit dunklem Anzug und Krawatte ausgestattet. Als Gäste war nur die engste Familie geladen. Dazu gehörten unsere Eltern und von meiner Seite noch die drei im Osten lebenden Schwestern mit Ehemännern und Kindern. Richard war sehr wortkarg. Womöglich lag es an seiner Aufgeregtheit oder am Kater vom Polterabend. Mein Mann verträgt nicht viel Alkohol. Er beginnt dann meistens zu singen und das klingt fürchterlich. Ja, wirklich fürchterlich.

So geschah es am Abend zuvor, am Polterabend. Fast ununterbrochen trafen Nachbarn, Freunde und Arbeitskollegen von mir und meinem Mann ein. Sie wollten, wie es Brauch ist, ihr Porzellan auf unserem Hof zerschlagen und uns viel Glück in unserer angehenden Ehe wünschen. Für einige war es wieder mal eine gute Gelegenheit, kostenlos Schnaps, Bier und Wein zu trinken. Für uns bestand die Kunst darin, mit allen anzustoßen, ohne selbst zu sehr betrunken zu werden. Schließlich mussten wir unsere Gäste begrüßen, den Gesamtüberblick behalten und am nächsten Tag für unsere Hochzeit fit sein. Für die Gäste, die nicht im Ort wohnten, hatten wir bei Bekannten und guten Nachbarn Quartiere zur Übernachtung organisiert. Die hart gesottenen unter ihnen, meist junge Männer, schliefen in eigens dafür aufgestellten Zelten.

Zurück zur Hochzeitsfeier. Sie war, wie bereits gesagt, sehr schön und feierlich. Mein Vater übergab mich symbolisch meinem Mann und leitete damit die kirchliche Hochzeitszeremonie ein. Der Pfarrer hielt eine Rede oder besser gesagt eine Predigt, bis er zum alles entscheidenden Punkt kam. Er fragte uns, ob wir den jeweils anderen heiraten wollten. Was soll ich sagen, es lief alles glatt. Dann steckten wir uns gegenseitig die Ringe an, gaben uns den Kuss und waren verheiratet.

Für die Feier hatten wir einen kleinen Saal in einer Gaststätte gemietet, die heute leider nicht mehr existiert. Nach dem Mittagessen begannen einige, vor allem mein Schwager aus Ilsenburg, lustige Gedichte und witzige Anekdoten aus vergangenen Tagen vorzutragen. Der Joachim, mein Schwager aus Görlitz, hielt die gesamte Hochzeit auf Bildern fest.

Moment mal. Ich habe schon einige Male nach Bildern von eurer Hochzeit gesucht, aber keine gefunden. Ihr habt viele Alben, von ganz früher in Schlesien, von meiner Kindheit und von jeder Urlaubsreise, aber keins von eurer Hochzeit.

Ausgerechnet dieses Album ist bei unserem Umzug in die neue Wohnung verloren gegangen. Als wir das bemerkten, suchten wir überall, aber wir konnten es nicht finden, keine Spur, einfach weg. Ich bin auch sehr traurig darüber.

Das ist ja schade.

Wieder zurück zur Hochzeit. Zum Kaffee hatten wir verschiedene Torten und mehrere Sorten an Obstkuchen. Das war möglich, weil wir im Vorfeld Lebensmittelmarken aufgespart hatten. Unser Schrebergarten und meine Einweckkünste trugen ebenfalls dazu bei. Außerdem hatten wir am Wasserturm ein Stück Feld gepachtet, auf dem wir unter anderem auch Mohn anpflanzten. Meine Stiefmutter war von meinen Backkünsten schwer beeindruckt. Vor allem der Mohnkuchen hatte es ihr angetan. Immer wenn ich sie und meinen Vater später besuchte, musste ich einen Mohnkuchen mitbringen. Am besten noch zusätzlich einen Quarkkuchen und ein großes Päckchen Kaffee.

Ja, da kann ich mich noch daran erinnern. Sie war regelrecht verrückt nach deinem Mohnkuchen.

Solange ich den mitbrachte, war die Welt in Ordnung. Dasselbe galt aber auch für meinen Kartoffelsalat und meine Weihnachtsplätzchen.

Nach dem Abendessen, das aus einem kalten Büfett bestand, wurde der Tanz eröffnet und auch die alkoholischen Getränke begannen zu fließen. Tja, und so ging es bis weit nach Mitternacht.

Wohnungssuche

Nach der Hochzeitsfeier, die wirklich sehr schön war, kehrte bei uns bald wieder das alltägliche Leben ein, mit allen Problemen und kleinen Sorgen, die man so hat.

Es war immer noch so, dass ich mit unserer Wohnsituation sehr unzufrieden war, im Gegensatz zu Richard und seiner Mutter. Sie kannten es nicht anders. Ich konnte bei Arbeitskollegen und Freunden sehen, wie sie nach und nach in schönere Wohnungen zogen. Und bei uns passierte nichts, obwohl ich das Thema des Öfteren zur Sprache brachte. Ich sah, dass ich etwas unternehmen musste, sonst würden wir hier noch in hundert Jahren wohnen.

In Bad Lauchstädt gab es Werkswohnungen, die zu den Buna-Werken gehörten, in dem wir schließlich beide arbeiteten. Die Häuser der sogenannten Buna-Siedlung waren Reihen- oder vereinzelt auch alleinstehende Häuser mit jeweils vier Mietparteien. Man konnte darin Zweiraum-, Dreiraum- oder auch Vierraumwohnungen bekommen. Die Siedlungshäuser waren zwischen 1936 und 1940 gebaut worden und waren für damalige Verhältnisse sehr schön. Vor allem besaßen sie eine große Wohnküche. Auch das Problem mit der Außentoilette würde sich damit erledigen. Jede Mietpartei hatte zudem zwei Kellerräume und einen Verschlag auf dem Wäscheboden zur Verfügung. Zwischen den Häuserreihen gab es viel Grün und zwei von den Straßen abgeschirmte Spielplätze. Alles in allem war es schöner als bei uns.

Also musste ich handeln. Ich bat meinen Chef, mir bei der Beschaffung einer solchen Wohnung zu helfen. Ich wusste, dass er einen guten Bekannten in der Abteilung hatte, die für die Wohnungsvergabe zuständig war. Es dauerte noch über ein Jahr, bis es im Frühjahr 1956 endlich so weit war. Wir sollten eine schöne neue Wohnung bekommen. Es war eine Dreiraumwohnung, also mit Kinderzimmer, obwohl wir noch kein Kind hatten. Das war damals nicht üblich. Die Leute von der Wohnungsvergabe sagten aber mit einem Augenzwinkern: „Das sind junge Leute. Da wird bald ein Kind kommen und dann brauchen sie nicht mehr umzuziehen."

Es gab nur ein riesiges Problem: Die Straße hieß Roter Platz. Als mein Richard das hörte, wurde er verstimmt. Er meinte, dass diese Wohnung nicht infrage käme und er auf keinen Fall dort hinziehen würde. Ausgeschlossen! Was sollten seine Bekannten und Kollegen denken!? Roter Platz, da ginge die Post nach Moskau! Auch Erklärungen, dass der Name von der roten

Erde kam, die dort vor der Begrünung zu finden war, halfen nichts. Es führte einfach kein Weg rein. Zum Glück bekamen wir ein halbes Jahr später noch einmal eine Dreiraumwohnung angeboten, diesmal in der Heinrich-Heine-Straße. Und diesmal lief alles glatt. Diese konnte er akzeptieren. Im Oktober 1956 wurde die Heinrich-Heine-Straße nun endlich zu unserem neuen Zuhause.

Die neue Wohnung lag gut einen Kilometer von unserer alten entfernt, wodurch sich der Umzug unkompliziert gestaltete. Wir nahmen alle alten Möbel mit. Ein Bekannter konnte einen LKW besorgen und Freunde und Nachbarn halfen beim Tragen, sodass alles an einem Wochenende erledigt war. Vorher wurden alle Zimmer wie damals üblich auf Werkskosten gestrichen. Da wir die alte Wohnung vollständig aufgeben wollten, zog meine Schwiegermutter erst mal mit bei uns ein. Mit der Zeit merkte ich allerdings, dass der Begriff „erst mal" auch ein Jahrzehnt bedeuten kann. Sie zog in das Kinderzimmer, das noch nicht belegt war. Alles in allem kamen wir wie bereits in der alten Wohnung gut miteinander aus. Sie fügte sich wieder in unser Leben ein. Wenige Monate danach wurde Anna sechzig Jahre alt und wie alle Frauen in der DDR war sie damit automatisch Rentnerin. Dadurch half sie uns im Haushalt und erledigte die Einkäufe, während Richard und ich arbeiteten.

Um Annas Geburt gibt es eine witzige Besonderheit. Sie hatte an zwei Tagen Geburtstag, am 25. Dezember und 26. Dezember 1895. Körperlich wurde sie am ersten Weihnachtstag geboren, behördlich aber erst am zweiten. Ihr Vater hatte sich über ihre Geburt so sehr gefreut, dass er etwas zu intensiv gefeiert hatte. Nach der Weihnachtspause musste er auf dem Amt noch leicht verwirrt gewesen sein, denn er gab den falschen Tag an. Dadurch enthielten alle ihre Dokumente das falsche Datum.

Unsere Urlaubsreisen

Unser Leben lief in immer denselben Bahnen. Wir hatten beide noch dieselben Arbeitsstellen in den Buna-Werken, ich als Werkstattschreiberin und Richard als Materialdisponent. Im Sommer fuhren wir die sechs Kilometer von zu Hause zum Betrieb mit dem Fahrrad und im Winter mit dem Zug. Unter der Woche kochte ich abends warm, da Richard das Kantinenessen nicht mochte. Anna ging tagsüber einkaufen und wir putzten samstags gemeinsam die Wohnung. Am Wochenende hatten wir zur Entspannung unseren Garten oder gingen im Kurpark spazieren.

Eine Sache hatte sich aber doch geändert. Wir fuhren jedes Jahr in den Sommerurlaub. Man kann sogar sagen, dass wir urlaubssüchtig waren. Wenn ich mich nicht täusche, reisten wir mindestens vierzig Jahre lang ohne Unterbrechung in die Ferne. Die ersten Jahre war es innerhalb der DDR, meistens nach Thüringen oder an die Ostsee, aber von Zeit zu Zeit auch in andere Gegenden wie den Harz oder die Sächsische Schweiz. Es begann

eigentlich schon vor unserer Hochzeit. Über den betrieblichen Weg wäre das nicht möglich gewesen. Man konnte Urlaubsplätze über die Gewerkschaft, also über den Betrieb, beantragen und bekam alle paar Jahre den Zuschlag. Meistens war es nicht der Platz, den man wollte. Richard war so pfiffig, dass er sich Adressen von privaten Anbietern besorgte. Nach wenigen Jahren hatte er sich ein ganzes Notizbuch mit Dutzenden Adressen angelegt. Sein Büchlein half uns, immer wieder wunderschöne Urlaube zu genießen.

Dabei tat uns Anna leid, die während unserer Reisen immer zu Hause blieb. Irgendwann meldeten wir sie auf einen Urlaubsplatz nach Bennekenstein im Harz an. Als sie das erfuhr, reagierte sie im ersten Moment verärgert. Sie dachte, wir wollten sie abschieben. Man konnte ihre anfängliche Reaktion irgendwie nachvollziehen. In ihrem Leben war sie noch nie weiter als zehn Kilometer von ihrem Heimatort entfernt gewesen. Nachdem wir ihr erzählten, dass die Reise nur zwei Wochen dauern und sie dann wieder nach Hause kommen würde, stimmte sie zu. Am Ende ihres Urlaubs hatte sich ihre Meinung um 180 Grad geändert. Sie schwärmte davon, was sie alles erlebt hatte und dass sie im Speisesaal herrschaftlich bedient worden war. In den Folgejahren verreiste sie immer mal wieder.

Wir bekommen ein Kind

Eines Tages, im Sommer 1957, war es so weit. Ich war mir sicher, wir würden ein Kind bekommen. Wir hatten schon länger daran gearbeitet, aber nun schien es geklappt zu haben. Nachdem ich mir ganz sicher war, sagte ich es meinem Mann. Richard freute sich, obwohl uns der Gedanke, Verantwortung für ein Kind zu haben, nachdenklich machte. Würden wir alles bewältigen? Was brauchten wir, damit es dem Kind gut ging? Es waren viele Dinge zu bedenken. Wo würde unser Kind schlafen? Na klar, die erste Zeit bei uns im Schlafzimmer. Aber danach? Im Kinderzimmer wohnte doch die Schwiegermutter. Im ersten Moment beschlossen wir, das schöne Geheimnis noch so lange wie möglich für uns zu behalten. Es hätte aber nicht funktioniert, denn Anna holte für uns alle die Lebensmittelmarken. Da ich ab jetzt die Ration für Schwangere bekam, würde sie es merken. Also teilten wir es ihr mit.

In ihrer ersten spontanen Reaktion war sie erschrocken und machte sich Sorgen, wie es ihre Freundinnen und die Nachbarn aufnehmen würden. Ihre Reaktion war für uns sehr unerwartet. Ich denke, das ist mit ihrer dörflichen Herkunft erklärbar. Bei den älteren Leuten war das Thema Kinder machen und bekommen tabu. Letztendlich freute sie sich sehr über die Nachricht. Allerdings fixierte sie sich immer mehr auf ein Mädchen. Da ihr einziges Kind ein Junge war, wollte sie nun unbedingt ein Mädchen. Ich wollte einen Jungen, kein Wunder bei sechs Schwestern.

Meine Schwangerschaft verlief normal und der Geburtstermin war für Mitte April des darauffolgenden Jahres berechnet worden. Vielleicht würde er sogar mit meinem Geburtstag am 18. April zusammenfallen. Das wäre ein Zufall gewesen, war mir aber nicht wichtig. Im Laufe des Winters bereiteten wir alles für deine Ankunft vor. Wir besorgten ein Kinderbettchen und Babysachen. Da ich gut stricken und nähen konnte und auch durch die ruhende Gartenarbeit genügend Zeit dafür hatte, war das für uns kein Problem.

Ein Streitpunkt war die Auswahl des richtigen Namens. Von Anna kamen nur Vorschläge für Mädchennamen. Für mich war von Anfang an klar, dass du Roland heißen wirst. Richard war mit

Roland oder besser gesagt Ritter Roland, Beschützer der Städte, hochzufrieden. Mein Vater war allerdings gegen diesen Namen. Er meinte, dass der Platzhirsch im Schkopauer Tiergehege bereits Roland hieß und der Name damit vergeben sei. Nun mal ehrlich, was ging mich irgendein Hirsch in irgendeinem Gehege an? Natürlich hatte ich mich am Ende durchgesetzt.

Dein Geburtstermin rückte immer näher und ich spürte keine Veränderung. Anna erzählte mir, dass sie bei der Geburt ihres Sohnes höllische Schmerzen gehabt hatte und ich vor Schmerzen buchstäblich die Wände hochgehen würde. Nun gut, leichte Wehen gab es schon, aber nichts zum Wändehochgehen. Also wartete ich ab. Richard hielt sich da sowieso lieber raus und wollte von solchen Frauensachen nichts wissen.

Inzwischen war es Anfang Mai und mein Vater kam uns mit dem Fahrrad besuchen. Er machte sich Sorgen und wollte sich erkundigen, wie es um meine Niederkunft stand, wie er sagte. Ich erzählte ihm, dass die Geburtsanstalt hier im Ort mit meinem Fall überfordert war. Daraufhin überredete er mich, mich von einem kompetenten Arzt am besten in einem Krankenhaus untersuchen zu lassen. Er schlug das Barbara-Krankenhaus in Halle vor, von dem man nur Gutes hörte. Also fuhren wir beide los ins Barbara-Krankenhaus, erst mit dem Zug und dann weiter mit der Straßenbahn. Zu meiner Verwunderung schickten sie uns nach der Untersuchung wieder nach Hause. Ich sollte erst auf stärkere Wehen warten. Ich wartete und wartete und nichts passierte. Knapp zwei Wochen später kam mein Vater erneut und meinte, dass wir uns diesmal nicht abwimmeln lassen würden, komme da, was wolle. Gesagt, getan. Wir fuhren erneut ins Barbara-Krankenhaus. Diesmal sah der Arzt ein, dass es mit einem Monat über dem Geburtstermin höchste Eisenbahn war, die Geburt einzuleiten.

Und so geschah es dann. Fast genau um elf Uhr am 14. Mai 1958 wurdest du geboren und die Krankenschwester sagte: „Guten Tag, Roland!" Du warst blitzeblau. Länger hätte ich nicht mehr warten dürfen.

Nach fünf Tagen wurde ich entlassen und durfte mit dir nach Hause. Wir waren alle sehr froh, dass es am Ende doch gut ausgegangen war. Als Anna erfuhr, dass du ein Junge bist, soll sie gesagt haben: „Nun hat sie doch ihren Willen bekommen." Ich muss allerdings auch sagen, dass sie dich vom ersten Tage an abgöttisch geliebt hat.

Ja, ich weiß, sie hat versucht, mir jeden Wunsch zu erfüllen, und hat mich nie ausgeschimpft, selbst wenn ich mal nicht so artig war.

Ich bin sehr kinderlieb und habe mich riesig über deine Geburt gefreut. Da ich das Zusammensein mit dir genieße, nichts verpassen und dich gut erziehen wollte, kündigte ich meine Arbeitsstelle. Ich hatte vor, nur für dich da zu sein. Es gab allerdings einen Wermutstropfen. Ich war mit vielen Geschwistern aufgewachsen und hätte gern mehrere Kinder gehabt, nicht nur eins. Nun wurde allerdings in den Militärblöcken wieder aufgerüstet und in beiden deutschen Staaten die Wehrpflicht eingeführt. In der Bundesrepublik geschah das 1956 und in der DDR 1962. Meine Angst war, dass Aufrüstung erneut Krieg bedeutete. Und Krieg hieß Flucht und das war mit mehreren Kindern schrecklich, vor allem für die Kleinen. Da war sie wieder, die Erinnerung an Krieg, Flucht und Vertreibung. So bliebst du ein Einzelkind.

Auch Richard war sehr stolz, nun einen Sohn zu haben, und beobachtete mit Wohlwollen die Fortschritte, die du in deiner Entwicklung machtest. Er freute sich sehr, als du ihn zum ersten Mal ansahst oder zum ersten Mal deinen Kopf hobst. Trotz seiner machohaften Art beschäftigte er sich ab und zu mit dir, was mich wunderte, denn er war in vielen Dingen sehr eigen. Er benutzte damals bei Regen noch keinen Regenschirm, sondern setzte einen Hut auf und schlug den Kragen vom Regenmantel hoch. Er war halt Jahrgang 1921.

Eines Tages, wir gingen mit dir im Kinderwagen spazieren, sagte er, dass er gern mal den Kinderwagen schieben würde. Er möchte mal sehen, wie das so ist. Ich trat einen Schritt zur Seite und sagte, dass er übernehmen könne. „Nein, nein, nicht hier", entgegnete er. Wir gingen aus der Kleinstadt hinaus auf einen Feldweg, bis das letzte Haus außer Sicht war. Dann schaute er sich um, ob noch irgendjemand in der Nähe war. Als er erkannte, dass keine Gefahr bestand, schob er dich so circa einhundert Meter, bis seine Neugier gestillt war.

Ja, so war mein Vater. Als Baby konnte er nicht so viel mit mir an-fangen. Da waren auch eher die Mütter gefragt. Dennoch muss ich sagen, dass er mich als Kind oft auf seinen Schultern trug, wenn ich

nicht mehr laufen konnte. Das war meist bei ausgedehnten Wan-
derungen im Urlaub der Fall. Später, als ich erwachsen war, unter-
nahmen wir hin und wieder etwas zusammen, wie den Umbau der
Gartenlaube. Das war so ein Vater-Sohn-Ding, bei dem wir uns sehr
nahe fühlten. Er erzählte mir auch gelegentlich, wenn er gut drauf
war, die eine oder andere Begebenheit aus seinem Leben. Da fällt
mir gleich die witzige Geschichte aus seiner Kindheit ein, die von
ihm, Jesus und Gustaf Nagel handelte.

Gustav Nagel? Hab ich noch nie gehört.

Gustaf Nagel war ein Aussteiger aus der Altmark. Der spärlich
bekleidete Mann pilgerte des Öfteren durch Deutschland und Eu-
ropa und war sogar im Heiligen Land. Es muss um 1928 gewesen
sein. Gustaf Nagel kam auf einer seiner Pilgertouren durch Bad
Lauchstädt. Er zog sich die wenigen Kleidungsstücke aus und wollte
sich splitternackt im Kurparkteich waschen und ausgiebig baden.
Passanten meldeten den ungeheuerlichen Vorgang dem ansässi-
gen Polizisten, der sogleich einschritt. Der Polizist hatte so etwas
noch nie gesehen, merkte aber nach einem kurzen Gespräch, dass
Gustaf völlig harmlos war. Er empfahl ihm, zur etwa einhundert
Meter entfernten Goetheschule zu gehen, da es dort Wannenbäder
zur öffentlichen Benutzung gab. Der Hausmeister würde ihm alles
zeigen. Etwa zur selben Zeit befand sich mein Vater im Unterricht
und fragte die Lehrerin, ob er mal auf die Toilette dürfe. Sie erlaubte
es ihm und er verschwand nach draußen. Nach nicht einmal einer
Minute kam Richard wieder in den Klassenraum zurück. Er war
kreidebleich und sagte völlig außer Atem: „Ich habe Jesus auf dem
Flur gesehen!" Die Kinder fingen laut zu lachen an und die Lehre-
rin fühlte ihm die Stirn. Das Szenario wurde abrupt unterbrochen,
als sich die Tür vom Klassenraum öffnete und Gustaf Nagel eintrat.

Vor ihnen stand ein Mann mit langem wallendem Haar und freiem Oberkörper. Er sah Jesus auf dem Gemälde, das im Klassenzimmer hing, zum Verwechseln ähnlich. Das Lachen verstummte und mein Vater war rehabilitiert. Einige Jahre später, als mir die Geschichte wieder einfiel, hatte ich interessehalber noch mal bei Wikipedia nachgeschaut, um alles über Gustaf Nagel zu erfahren.

Die Geschichte mit dem, wie hieß er, Gustav Nagel hat mir Richard nie erzählt.

Na, siehst du, da kann ich dir sogar noch etwas berichten, das du noch nicht kennst. Und wie ging es dann weiter, als du zu Hause bliebst, um mich zu betreuen?

Ach ja. Es war für mich eine sehr schöne Zeit, dir zuzuschauen, wie du dich von Woche zu Woche entwickeltest. Bald konntest du sitzen und mir bei der Hausarbeit zuschauen oder wir haben mit deinem Teddy gespielt.

Den uralten Teddy habe ich heute noch.

In der Nachbarschaft gab es eine Mutti, deren Tochter einen Monat vor dir geboren war. Sie wollte unbedingt einen Wettbewerb zwischen euch vom Zaun brechen. Wenn wir uns beim Spazierengehen mit dem Kinderwagen trafen, erzählte sie mir ständig, was ihre Tochter bereits alles konnte, und fragte, ob du das auch schon könntest. Ich habe mich von solchen Dingen nie verrückt machen lassen. Und das war auch gut so. Ihr kamt später in die gleiche Klasse. Und wie du weißt, war sie, im Gegensatz zu dir, nicht so gut in der Schule. Damit hörten dann auch die Vergleiche auf.

Das Geld ist knapp

So schön es war, dich den ganzen Tag um mich zu haben und die Zeit mit dir zu genießen, gab es doch gewisse Nachteile. Wir hatten finanziell ganz schön zu kämpfen. Es war meiner Geschicklichkeit und Umsicht zu verdanken, dass wir mit dem wenigen uns zur Verfügung stehenden Geld einigermaßen hinkamen. Richard brachte um die dreihundertfünfzig Mark nach Hause. Anna steuerte von ihrer kleinen Rente fünfzig Mark Kostgeld dazu. Kindergeld gab es für das erste Kind zu diesem Zeitpunkt noch nicht. Es wurde in der DDR erst gegen Ende der Sechzigerjahre eingeführt. Also musste ich das Geld einteilen, damit es für den ganzen Monat reichte. Das bedeutete, Kindersachen zu flicken und Strümpfe zu stopfen. Die Ernte aus unserem Garten half da natürlich auch. Ich kochte auch immer gleich für zwei Tage. Leider reichte das alles nicht für Extraausgaben.

Damit wir Weihnachten feiern konnten, musste eine Halbtagsarbeit her. Nur gut, dass meine Schwiegermutter bei uns wohnte und durch ihr Rentnerdasein viel Zeit hatte. Dadurch konnte sie sich liebevoll um ihren Enkel kümmern. In der DDR war es üblich, auch die Kleinkinder zur tage- oder stundenweisen Betreuung in eine Kinderkrippe zu geben. In Gegensatz zu den meisten größeren Städten standen in unserem Ort nicht genügend dieser Plätze zur Verfügung. Anna war nicht traurig darüber, denn sie hatte eine neue Aufgabe, die sie liebte. Dazu kam, dass du ein sehr ruhiges Kind warst und keine Probleme machtest. Wenn du etwas zum Spielen hattest, bewegtest du dich nicht von der Stelle.

Werktätige waren in der DDR knapp und Leute wurden überall gesucht und so fing ich stundenweise in der Wäscheannahmestelle in unserem Ort an. Zusätzlich war ich in den ersten Jahren im Oktober und November als Saisonarbeiter in der Zuckerfabrik tätig. Das brachte richtig was ein und Weihnachten war finanziell abgesichert. Wir konnten Geschenke kaufen und auch meinen Vater und seine Frau zu uns einladen.

Aber zurück zur Zuckerfabrik.

Ja, das war eine meiner ersten Erinnerungen. Wir waren in der Zuckerfabrik zur Weihnachtsfeier eingeladen und wurden mit dem Auto abgeholt. Jedes Kind bekam ein Geschenk und ich hatte einen Bauernhof mit Gebäuden, Stallungen, Zäunen, Tieren und allem Drum und Dran. Aber am besten gefiel mir der kleine Hund deiner Arbeitskollegin, den sie zur Feier mitgebracht hatte. Ich ließ heimlich immer etwas von meinem Essen unter den Tisch fallen und freute mich, wenn er es fraß.

Dass du dich noch daran erinnern kannst, ist bemerkenswert. Damals warst du höchstens drei. Mit dem Bauernhof hast du noch sehr lange gespielt, mindestens bis du in die Schule kamst.

1964 beendete ich meine Arbeit in der Wäscheannahme und der Zuckerfabrik, denn es gab ein Stellenangebot von dem ortsansässigen Privatfleischer.

Zur Erklärung des Begriffs Privatfleischer muss ich sagen, dass es noch weitere Fleischerläden in Bad Lauchstädt gab, die jedoch weniger Kunden hatten. Das waren meist Geschäfte, die zur HO- oder zur Konsumkette gehörten. Sie bekamen ihre Waren aus diversen Wurstfabriken, wie es auch heutzutage üblich ist. Ein sogenannter Privatfleischer dagegen gehörte zu keiner dieser Ketten. Er bekam vom Schlachthof Schweine- und Rinderhälften geliefert oder schlachtete die Tiere selbst, die dann individuell und nach alten Familienrezepten verarbeitet wurden. Diese Produkte waren geschmacklich sehr hochwertig und erfreuten sich großer Beliebtheit. Es kam noch hinzu, dass es in der DDR nicht ständig alles in ausreichendem Maße zu kaufen gab, was auch auf den Bereich der Wurstwaren zutraf. Die meisten Wurst- und Fleischsorten waren im Angebot. Um aber gewisse Spezialitäten wie Lende oder Rinderrouladen zu bekommen, musste man Glück haben. Dieser Fleischer hatte fast immer alles im Angebot. Die Kunden kamen aus einem Umkreis von dreißig Kilometern zum Einkaufen zu ihm. Vor allem gegen Ende der Woche bildeten sich immer lange Schlangen vor dem Laden.

Nun wurde ich vom Geschäftsinhaber, dem Fleischermeister, angesprochen, ob ich nicht bei ihm als Verkäuferin anfangen wollte. Er sagte, dass er nur Gutes von mir gehört habe und ich ihm empfohlen worden sei. Seine Aussage schmeichelte mir und ich stimmte unter der Bedingung zu, dass ich nur stundenweise und auch nur drei Tage in der Woche arbeiten würde. Die Entlohnung war etwa so wie bei der Wäscheannahmestelle, aber dennoch etwas anders geartet. Es gab pro Woche fünfzig Mark und am Sonnabend ein großes Wurstpaket. Durch den großen Kundenandrang in der zweiten Wochenhälfte war klar, dass meine Arbeitstage Donnerstag bis Samstag sein würden. Ich nahm die neue Herausforderung auch deshalb an, weil der Arbeitsort nur wenige hundert Meter von unserer Wohnung entfernt war und ich in der Mittagspause zu Hause nach dem Rechten schauen konnte.

Die Arbeit als Fleischverkäuferin kam mir auch wegen meiner Rechenkünste sehr entgegen. Damals gab es in der DDR Waagen, bei denen auf der Vorderseite, die zum Kunden zeigte, das Gewicht der Ware zu sehen war. Auf der Rückseite konnte die Verkäuferin das Gewicht und darunter den Preis der entsprechenden Ware ablesen. Dieser wurde dann meist auf die Innenseite des Packpapiers geschrieben und zum Schluss alle Posten zusammengerechnet.

Warum wurde das aufs Papier, mit dem alles eingewickelt wurde, geschrieben?

Das war gleich die Rechnung, die zu Hause überprüft werden konnte.

Clever!

Und umweltfreundlich! Wir hatten nur einen Bruchteil des heutzutage anfallenden Verpackungsmülls. Und wenn wir schon mal dabei sind, wir wussten damals noch nichts von Bio und so, waren aber auch nicht schlechter. Ich kann zwar nicht für alle sprechen, aber in unserer Fleischerei wurden keine Konservierungsmittel benutzt.

Im Laden waren vier Verkäuferinnen, die aber nicht immer alle gemeinsam Dienst hatten. Jedoch am Wochenende, besser gesagt, jeden Donnerstag, Freitag und Samstag, war bei uns der Teufel los. Der Verkaufsraum war so voll, dass nichts mehr zu Boden fallen konnte. Vor dem Laden ging die Schlange über den Vorplatz hinaus bis hin zur Straße. Man musste schon mal bis zu einer Stunde anstehen, ehe man an der Reihe war. Um das abzumildern, bedienten alle Verkäuferinnen gleichzeitig. Auch die Chefin, die Frau des Meisters, half dann mit. Außerdem wurde das System geändert. Jede der drei Kolleginnen stand an einer Waage und bediente jeweils einen Kunden. Ich hielt mich mit Schreibblock und Bleistift bewaffnet im Hintergrund auf. Immer wenn eine Kollegin einen Posten abgewogen hatte, rief sie mir den Preis zu. Wenn dann die Kundin zu verstehen gab, dass das alles war, hatte ich bereits den Endpreis ausgerechnet und rief das Ergebnis nach vorn und gab noch schnell den Zettel mit. Das machte ich für meine drei Kolleginnen gleichzeitig. Damit sparten wir pro Kunde etwa eine halbe Minute ein. Abends rauchte mir der Kopf, aber es machte auch Spaß, meine Rechenkünste zeigen zu können.

Auch für dich gab es eine einschneidende Veränderung. Ein Jahr vor deiner Einschulung schickte ich dich als Mittagskind in den Kindergarten. Das hatte mehrere Gründe. Ich hörte, dass die Kindergärten im letzten Jahr vor der Einschulung eine Art Vorschulunterricht mit den Kindern durchführten. Man lernte da schon das Zählen, Malen und das Zuhören und Nacherzählen von Geschichten und vieles mehr. Außerdem solltest du als Einzelkind etwas mehr mit anderen Kindern in Kontakt kommen und vielleicht schon Freunde finden.

Soziale Kompetenzen sagt man heute.

Jaja. Und nicht zuletzt wollte ich auch meine Schwiegermutter etwas entlasten.

Für dich und mich war die erste Zeit schlimm, wenn ich dich früh morgens zum Kindergarten brachte. Kurz vor dem Eingang kullerten bei dir die Tränen. Du fragtest, ob ich dich ganz bestimmt wieder abhole. Ich machte dir Mut, dass die Zeit bis zu meiner Rückkehr ganz schnell vergehen würde.

Ja, ich erinnere mich noch ganz genau. Das musst du aber hier nicht so ausbreiten. Ich war halt sensibel.

Ist ja auch nicht schlimm. Ich will nur sagen, dass es für uns beide herzzerreißend war. Nach einigen Wochen ließ es dann glücklicherweise nach und du gingst gerne in den Kindergarten und mochtest deine Kindergartentante sehr. Die meisten Kinder, vor allem die, deren Eltern in Vollzeit arbeiteten, waren den ganzen Tag dort. Du fragtest mich eines Tages, ob du nicht auch mal den ganzen Tag dortbleiben könntest, und meintest, die besten Dinge werden dann gemacht, wenn du schon zu Hause bist. Du bist dann auch immer mal länger geblieben.

Alles in allem war das Jahr im Kindergarten für deine Entwicklung sehr wichtig und hat dir auch sehr gefallen. Allerdings gab es wenige Wochen vor deiner Einschulung einen Vorfall, bei dem aus pädagogischer Sicht alles falsch gemacht wurde, was falsch gemacht werden konnte. Man versuchte, euch verschiedene Verhaltensregeln beizubringen, was an sich nichts Schlechtes ist. Ihr durftet erst vom Tisch aufstehen, wenn der Letzte aufgegessen hatte.

Ach, ich weiß, was jetzt kommt. Das war aber nicht meine Schuld!

Ihr hattet den großen Birnenbaum mit den gelben, saftigen Birnen. Die wurden in großen Schüsseln gesammelt und jedes Kind musste sich eine nehmen, wenn es daran vorbeiging.

Die Birnen schmeckten auch wirklich gut.

Und jeder reagiert anders auf so viele Birnen am Tag.

Lass mich bitte weitererzählen. Es war wieder Essenszeit und ich bekam starke Bauchschmerzen und hätte dringend auf die Toilette gemusst. Ich bat die Erzieherin, gehen zu dürfen. Das wurde natürlich abgelehnt, da noch nicht alle mit dem Essen fertig waren. Es stach und gluckste in meinem Bauch und jede Minute kam mir wie eine Ewigkeit vor. Als dann endlich der Letzte fertig war und es mir erlaubt wurde, rannte ich los. Ich musste noch die Treppe hinunter, denn die Toiletten waren im Kellergeschoss. Ich konnte schon das Ziel sehen, aber drei oder vier Meter davor geschah das Malheur. O Mann, das durfte nicht passieren! Ich wusste nicht, was ich tun sollte, und stand eine Weile nur wie erstarrt da und mir liefen die Tränen. Nach circa zehn Minuten kam eine der Kindergärtnerinnen, um nach mir zu sehen, wo ich denn blieb. Als sie mich sah, fing sie an, zu schimpfen und mir Vorwürfe zu machen. Sie meinte, dass ich mich schämen solle und dass sie durch mich einen Haufen unangenehme Arbeit hätte. Das war die Kindergärtnerin, die keiner mochte. Ich wurde dann ausgezogen und in eine Schüssel voller Seifenwasser gestellt und vor allen Kindern abgeschrubbt. Ich habe mich so geschämt.

Dann wurde die Pia, die ebenfalls Mittagskind war und in unserer Nachbarschaft wohnte, zu uns nach Hause geschickt, um mir Bescheid zu geben, dass du in die Hosen gemacht hast und ich mit neuen Sachen zum Kindergarten kommen sollte. Den Vorfall konnte ich natürlich so nicht stehen lassen. Noch am selben Tag hatte ich die Kindergärtnerinnen auf das unprofessionelle Verhalten angesprochen. So etwas kann passieren. Man darf ein sechsjähriges Kind dann nicht noch emotional für etwas bestrafen, wofür es im Grunde nichts kann.

Das blieb dann aber auch das einzige Unerfreuliche in dieser Zeit.

Im Kindergarten lerntest du den Peter, deinen ersten Freund, kennen, mit dem du dann später auch in dieselbe Klasse kamst.

Ja, der Peter. Was wohl aus ihm geworden ist?

Da Peter nur drei Straßen von uns entfernt wohnte, kamt ihr dann auch immer zusammen nach Hause gelaufen. Ich kannte seine Mutter und wir hatten das natürlich so eingefädelt. Das war damals unbedenklich, denn der Weg vom nur knapp einem Kilometer entfernten Kindergarten führte durch ein belebtes, aber verkehrsberuhigtes Wohngebiet.

Endlich neue Möbel und etwas Luxus

Zu Hause war es so, dass wir zwar seit einigen Jahren eine Wohnung hatten, mit der wir ganz zufrieden waren, aber die Möbel noch aus der alten stammten. Man traut es sich kaum zu sagen, dass einige davon schon wurmstichig waren. Ich sprach das Thema des Öfteren an, aber Anna wollte sich nicht davon trennen. Sie meinte, dass das noch gute alte Friedensware sei. Und Richard war zu bequem, um sich damit zu befassen, und wollte keine Diskussionen. Da kamen mir der Zufall und eine Ungeschicktheit meines Mannes zu Hilfe.

Wir hatten in der Küche ein altes Büfett, bestehend aus einem wuchtigen Unterteil für Töpfe und Pfannen und einem aufgesetzten Schrank mit vielen Glasscheiben für Teller, Tassen und Co.

Die Schranktüren ließen sich auch schon nicht mehr abschließen und wurden bloß angelehnt. Darüber hing eine Küchenuhr an der Wand, die jede Woche aufgezogen werden musste. Das war Richards Aufgabe. Dabei stieg er auf einen Stuhl, der da stand, und dann mit beiden Knien auf den Absatz des Schrankunterteils. Dadurch hatte er die Hände für das Aufziehen der Uhr frei. Eines Tages, als er das erledigt hatte, wollte er mit einem Fuß wieder zurück auf den Stuhl. Er trat daneben und hielt sich reflexhaft an der Oberkante des Oberteils fest, das dadurch nach vorn kippte. Er konnte zwar das Oberteil festhalten, doch die Schranktüren öffneten sich und das gesamte Geschirr fiel auf den Fußboden der Küche. Auch die Teller aus dem Glasteil durchschlugen die Scheiben und kamen ihm entgegen. Kein einziges Teil hatte es heil überstanden und das Büfett war auch kaputt. Es klang wie ein kleines Erdbeben. Nach diesem Polterabend bekam ich eine neue Küche. Der Anfang war gemacht. Zwei Jahre darauf kamen ein neues Wohnzimmer und danach noch das Schlafzimmer. Nur an Annas Zimmer durften wir keine Hand anlegen. Ihre Möbel mussten erst mal bleiben.

Auch bei uns in der DDR gab es einen gewissen technischen Fortschritt. Immer mehr Leute schafften sich ein Fernsehgerät an. Richard hatte sich von seinen Arbeitskollegen überzeugen lassen, dass sich ein Fernseher lohnte, weil man damit auch das Westfernsehen sehen konnte. Da mein Mann für sein Leben gern amerikanische Western und Krimis schauen wollte, musste so ein Fernseher her.

Anfang der Sechzigerjahre war es so weit. Das genaue Jahr weiß ich nicht mehr. Wir bekamen den Bezugsschein von Richards Betrieb. Es gab nur ein kleines Problem: Wir hatten für die Abholung des Geräts ein Zeitfenster und genau während dieses Zeitfensters war mein Mann zur Kur. Also fragte ich meinen Vater, ob er uns helfen würde, den Fernseher auszusuchen, zu kaufen und zu uns nach Hause zu tragen. Er sagte natürlich gleich zu. Zum Glück war das Geschäft, in dem wir das Fernsehgerät kaufen mussten, in Merseburg direkt am Bahnhof. Wir beide trafen uns mit meinem Vater vor der Eingangstür des Geschäfts.

Das war der sogenannte RFT-Laden. RFT hieß Rundfunk- und Fernmeldetechnik. Heute würde man Unterhaltungselektronik sagen.

Das kann sein. Du warst vier oder fünf Jahre alt. Wir kamen ins Geschäft und sahen neben vielen Radios so an die zwanzig Fernsehgeräte von zwei unterschiedlichen Marken. Wir gaben der Verkäuferin unseren Bezugsschein und sie führte uns zu einem Fernseher, den sie uns vorführen wollte. Nach dem Anschalten gab es einen dumpfen Knall.

Ja, daran kann ich mich noch dunkel erinnern. Du wurdest panisch.

Nach dem Vorfall wäre ich am liebsten wieder nach Hause gefahren, aber mein Vater sagte, dass uns die Verkäuferin den nächsten vorführen sollte. Es konnten nicht alle explodieren. Und so war es auch. Der nächste Fernseher funktionierte und wir kauften ihn. Zu Hause wurde er gleich aufgestellt und getestet. Mein Vater und ein Nachbar, der sich kurz zuvor auch einen solchen gekauft hatte, schlossen ihn an die Gemeinschaftsantenne an, die in Richtung Brocken ausgerichtet war. Was soll ich sagen, es funktionierte, wir hatten ein Bild. Aufatmen konnte ich aber erst, als klar war, dass wir das Westfernsehen, also die ARD, empfangen konnten. Richard hatte mir vor seiner Kur eingeschärft, dass ich nur einen Fernseher kaufen sollte, der auch den Westen empfing. Unser Wissen darüber, dass man jeden empfangbaren Sender einstellen konnte, war damals noch sehr begrenzt.

Der Fernseher wurde dann auch schnell zum alltäglichen Gebrauchsgegenstand. Anna schaute mit dir jeden Abend das Sandmännchen. Wenn du dann im Bett warst, konnten wir uns im Abendprogramm zwischen der ARD und dem DDR-Fernsehen entscheiden.

Da gab es in den Sechzigerjahren einige frühe Serien, die mir bis heute noch im Gedächtnis geblieben sind: Bonanza mit der brennenden Landkarte im Vorspann oder der Yogi Bär oder Gilligans Insel.

… und wir schalteten jeden Sonnabend um 19:15 Uhr die Aktuelle Schaubude ein.

Ja, die Aktuelle Schaubude. Da gab es die Geschichte, die mich als Kind sehr irritiert hatte. Ich fragte dich eines Samstags, ob ich denn heute Abend wieder etwas länger aufbleiben dürfe, um die Aktuelle Schaubude zu schauen. Daraufhin erklärtest du mir, dass es nicht Aktuelle Schaubude, sondern Aktuelle Kamera hieß. Ich wunderte mich nur, warum die im Fernsehen Schaubude sagten, wenn es doch Kamera hieß.

Das kann ich dir erklären. Die aktuelle Kamera war, wie du weißt, die Nachrichtensendung des DDR-Fernsehens. Kinder haben es so an sich, alles im Kindergarten zu erzählen, was zu Hause passiert. In deiner Kita gab es eine, wie man so schön sagt, ideologisch tausendprozentige Erzieherin, vor der sich alle in Acht nehmen mussten. Die übermäßige Vorsicht waren wir noch aus der Stalin-Zeit gewohnt. Damals konnte man mit einer unpassenden Bemerkung in große Schwierigkeiten geraten, und Westfernsehen war so eine Sache, die man besser für sich behielt.

Auf jeden Fall machten wir es uns vor allem sonnabends vor dem Fernseher gemütlich.

Ja, und dazu wurde etwas geknabbert, Schokolade, oder auch Erdbeer- oder Kirschkompott aus dem Keller geholt.

Die Schokolade kam fast ausschließlich aus den Westpaketen. Wir bekamen viele Pakete von meinen drei Schwestern, die sich nach dem Krieg mit ihren Ehemännern in der Bundesrepublik angesiedelt hatten. Außerdem lebten viele Bekannte und Jugendfreundinnen meiner Schwiegermutter dort. Zur Karnevalszeit fuhr sie jedes Jahr zu einer ihrer Schulfreundinnen nach Köln. Als Rentnerin durfte sie das. Ich umhäkelte Taschentücher und schickte sie nach drüben, so um die dreißig Stück pro Jahr. Dafür bekam ich im Voraus das Garn und danach die Pakete mit Schokolade, meist Alpia oder Sarotti, mit Kaffee, mit Toska und vielem mehr. In manchem Jahr hatten wir einen ganzen Schuhkarton voll mit Schokoladentafeln.

Nach dem Jahr im Kindergarten wurdest du eingeschult und ein neuer Lebensabschnitt begann für dich. Nach dem ersten Schultag mit Zuckertüte und kleiner Feier fing der Ernst des Lebens an, das Rechnen, Schreiben und Lesen. Du machtest das alles so weit ganz gut, außer vielleicht dem Schönschreiben. Deine Schrift war etwas krakelig.

Das ist sie heute noch. Über die Jahre ist sie vielleicht sogar noch schlimmer geworden.

Bei den Hausaufgaben achtete ich immer darauf, dass du das Wesentliche begriffen hattest. Anna wollte, dass ich manches für dich schreibe, damit du Einsen bekommst. Mir war dagegen wichtig, dass du den Lehrstoff verstanden hattest. In den ersten zwei Schuljahren schaute ich, ob alles glattlief, und musste dir ab und zu auch mal etwas erklären. Danach machtest du alles ohne meine Hilfe und deine schulischen Leistungen wurden immer besser. Dein erstes Steckenpferd waren die Landkarten. Deine größte Freude war, wenn du einen Atlas geschenkt bekamst. Mit einer Landkarte warst du stundenlang beschäftigt.

Unsere Wohnsituation wurde immer beengter. Du wurdest immer älter und schliefst noch mit bei uns im Schlafzimmer. Es wurde immer unerträglicher für uns, aber vor allem für dich. Du konntest keine Freunde mitbringen, zumindest nicht ins Schlafzimmer lassen, um nicht verspottet zu werden. Es musste eine Lösung her. Anna musste ausziehen und brauchte eine eigene Wohnung. Dabei gab es zwei Probleme. Es würde nicht leicht werden, meine Schwiegermutter zum Ausziehen zu überreden. Und es musste für sie eine akzeptable Wohnung gefunden werden. Anna war in ihrem Leben bis auf Richards Militärzeit und die seiner Gefangenschaft wohntechnisch noch nie von ihrem Sohn getrennt gewesen. Ihr das beizubringen, war anfangs nicht einfach. Nach längerer Diskussion und dem Hinweis, dass sie damit etwas Gutes für ihren geliebten Enkel täte, stimmte sie schließlich zu.

Eine akzeptable Wohnung war auch schnell gefunden. Es gab eine Einraumwohnung in einem Altbau am anderen Ende des Ortes circa zwei Kilometer von uns entfernt. Sie bestand aus einem Wohnschlafraum und einer großen Wohnküche. Die Toilette war vom Hausflur aus zu erreichen. Leider hatte die Wohnung weder Dusche noch Badewanne. Anna fand das aber nicht schlimm. Da konnte sie jeden Sonnabend zu uns kommen, um ein Bad zu nehmen. Sie brachte auch ihre Wäsche zum Waschen mit, die wir ihr dann einige Tage später wieder nach Hause brachten. Das war die perfekte Lösung für uns alle.

Eine Sache aus der zweiten Hälfte der Sechzigerjahre war noch bemerkenswert. Mein Vater hatte immer mal so aberwitzige Vorahnungen. Diese sollte allerdings Jahrzehnte später real werden. Bei einer Feier bei ihm und seiner Frau – ich brachte übrigens mal wieder meinen selbst gebackenen Mohnkuchen mit – sprachen wir über Politik und was wir in der Weltgeschichte in den nächsten Jahrzehnten noch so alles zu erwarten hätten. Es war mitten im tiefsten Kalten Krieg. Die Militärblöcke standen sich waffenstarrend und unversöhnlich gegenüber. Da behauptete er: „Eines Tages wird es die Wiedervereinigung Deutschlands geben. Ich werde das nicht mehr erleben. Du könntest Glück haben, aber dein Roland wird es auf jeden Fall erleben." Ich konnte es mir nicht vorstellen, habe ihm aber aus Höflichkeit zugestimmt. Es ist noch gar nicht lange her, da musste ich an seine Worte denken. Er hatte recht, konnte es aber leider selbst nicht mehr miterleben.

Reich waren wir nicht

Eine Geschichte muss ich noch loswerden. Du kennst sie ja. Du warst als Kind hinter dem Geld her wie der Teufel hinter der Seele. Wenn dich jemand fragte, was du später mal werden wolltest, sagtest du immer: „Ich will mal reich werden."

Wir hatten doch damals trotz deiner kleinen Jobs nicht viel Geld zur Verfügung. Und meine Freunde konnten sich immer alles leisten, die neusten Spiele und so weiter. Zumindest sah das damals für mich so aus. Ich denke an das teure Fußballspiel mit den beweglichen Spielern zum Schnipsen, das jeder hatte, nur ich nicht. Ich wünschte es mir zu Weihnachten, bekam aber irgendeine Billigvariante, mit der man nicht wirklich etwas anfangen konnte. Die coole Version habe ich mir dann doch noch als Neunundzwanzigjähriger gekauft. Ein gefundenes Fressen für jeden Psychologen.

Ich will nicht jammern, denn ich hatte trotz des knappen Geldes eine sehr schöne Kindheit. Dafür möchte ich mich bei dir bedanken.

Ja, schon gut.

Ich bin dann, als ich vierzehn Jahre alt war, in jeden Sommerferien mindestens drei der acht Wochen arbeiten gegangen, um mir Wünsche zu erfüllen. Vom ersten Geld kaufte ich mir den Kassettenrekorder und später mit fünfzehn mein erstes Moped.

Das mit dem Arbeiten war gar nicht schlecht. Da hast du das Geld schätzen gelernt und deine Sachen immer gut behandelt.

Mit der Zeit haben sich meine Prioritäten verschoben. Heute ist mir Geld nicht mehr so wichtig. Es hat für mich nicht mehr den Stellenwert, den es früher hatte. Ich habe nach der Wende gut verdient und mit zunehmendem Alter werden andere Dinge immer wichtiger. Und trotz der Verlockungen heutzutage muss ich nicht alles haben, was ich sehe. Aber zurück zur Geldknappheit.

Ja, lass uns beim Thema bleiben. 1968 fuhren wir nach Tambach-Dietharz in den Urlaub.

Nein, nicht das!

Entweder ich erzähle alles aus meinem Leben, was ich für erzählenswert halte, oder wir hören jetzt auf.

Also gut, mach weiter!

Also, wir waren für zwei Wochen im schönen Tambach-Dietharz im Thüringer Wald und wohnten in einer etwa dreißig Quadratmeter großen Gartenlaube direkt am Waldrand. Es war eine sehr ruhige Lage, die zum Wandern regelrecht einlud. Morgens musste man zwei Kilometer laufen, um beim Bäcker frische Brötchen zu holen. Damit es gerecht verteilt wurde, legten wir fest, dass jeder mal dran ist. Du botest uns an, jeden Tag zu gehen, wenn du das Wechselgeld behalten durftest. So kamst du aus jedem Urlaub mit mehr Taschengeld zurück, als du zu Beginn des Urlaubs hattest.

Abends spielten wir oft Karten, meistens Rommé. Einmal schlug ich vor, um Geld zu spielen. Ich konnte die Dollarzeichen in deinen Augen leuchten sehen. Beim Spielen warst du ganz aufgeregt und hast aufgepasst, dass ja alles mit rechten Dingen zuging. Gegen Ende des Abends hattest du so um die fünfundzwanzig Mark gewonnen. Ich wollte, dass das Ganze als Spaß endet und jeder darüber lacht. Meine Schwester aus Lüdenscheid hatte mir ein halbes Jahr zuvor unter anderem zwei Netze mit Schokoladengeld geschickt. Die Schokoladentaler kamen jetzt zur Auszahlung. Allerdings entwickelte sich der Spaß anders als gedacht. Du hast geheult und geschrien und uns Betrüger genannt. Am Ende mussten wir dir deinen Gewinn mit echtem Geld auszahlen.

Ja, ich war stinksauer. So was macht man auch nicht, ein zehnjähriges Kind so hinters Licht zu führen.

Das ist uns dann auch nie wieder passiert.

Meine berufliche Neuorientierung

Beruflich hatte sich bei mir bis zum Ende der Sechzigerjahre nicht viel verändert. Ich arbeitete immer noch als Verkäuferin bei demselben Fleischer. Der Arbeitsumfang stieg mit der Zeit, die Bezahlung aber kaum. Neben einer längeren Wochenarbeitszeit erledigte ich auch noch andere Dinge wie den Papierkram. Ich hatte mir eine gebrauchte Schreibmaschine zugelegt und schrieb seine monatlichen Abrechnungen. Er belieferte mittlerweile auch Schulen und Pflegeheime.

Seit Längerem wuchs in mir der Gedanke, mich beruflich noch einmal zu verändern und eine neue Herausforderung anzunehmen, ganz zu schweigen von einer deutlich besseren Entlohnung. Das größte Hindernis, dies durchzuführen, war bei mir mentaler Natur. Ich musste dem Meister sagen, dass ich kündigen wollte. Und das nach so vielen Jahren in so einem familiären Arbeitsverhältnis. Was würde ich ihm antworten, wenn er mich nach dem Grund fragte? Er würde mit Sicherheit fragen, ob es mir bei ihm nicht mehr gefiel. Was sollte ich darauf antworten? All das bereitete mir großes Unbehagen.

Eines Tages war es so weit. Ich nahm all meinen Mut zusammen und sagte ihm unter vier Augen, dass ich kündigen wollte. Er wurde kreidebleich und fragte all das, was ich bereits vermutet hatte. Ich war ehrlich und nannte ihm meine Beweggründe. Anfangs wollte er es nicht so richtig akzeptieren und bot mir mehr Geld an. Ich hatte geahnt, dass das Angebot von ihm kommen würde, blieb aber hart. Dennoch tat er mir leid.

Nun war der Weg für mich frei, beruflich neu durchzustarten. Vor meiner Kündigung hatte ich natürlich schon nach einer passenden Stelle gesucht und fand sie auch. Ich knüpfte da an, wo ich vor deiner Geburt aufgehört hatte: als Werkstattschreiberin in den Buna-Werken.

Bei der Einstellung kam natürlich wieder mein altes Problem auf den Tisch, mein zu hoher Blutdruck. Also musste ich, nachdem ich eingestellt worden war, Medikamente einnehmen und täglich zum Blutdruckmessen erscheinen. Das machte ich noch eine Weile mit und ging dann nicht mehr hin. Ein ähnliches Vorkommnis gab es noch mal bei einer arbeitsmedizinischen Untersuchung einige Jahre später. Hier drohte der Arzt sogar, mich nicht mehr weiterzubehandeln, wenn ich mich seinen Anordnungen, den Blutdruck herunterzubekommen, entziehe.

Immer dasselbe mit dir! Hohen Blutdruck sollte man behandeln und nicht irgendwann damit aufhören!

Du verstehst das nicht. Es muss doch auch Ausnahmen in der Medizin geben. Schau dir mein hohes Alter an. Ich lebe gut mit meinem Blutdruck, bereits mein ganzes Leben lang. Den brauche ich, der hält mich in Schwung.

Aber nicht 200 zu 95! Na ja, mach, was du denkst.

Zurück zur Arbeit. Der erste Arbeitstag lief gut. Viel war da nicht zu tun. Nach dem Arztbesuch gab es die Vorstellungstour, eine Einweisung und den Empfang der Arbeitsmaterialien. Auch danach lief alles glatt. Meine Kolleginnen waren ausnahmslos sehr freundlich und zuvorkommend. Sie mussten mir so gut wie nichts mehr beibringen. Schließlich hatte ich diese Arbeit schon mal gemacht. Es war zwar schon zwölf Jahre her, aber so viel hatte sich seitdem nicht geändert.

Ich gehörte zur Hauptabteilung Instandhaltung der Direktion Energetik oder übersetzt den Werkstätten der beiden Kraftwerke des Unternehmens. Unsere Hauptabteilung untergliederte sich in mehrere Abschnitte mit jeweils zwanzig bis fünfzig Mitarbeitern. Es gab die Dreher, die Schweißer und so weiter. Ich gehörte zum Abschnitt Inneres. Neben uns Werkstattschreiberinnen gehörten noch zwei extra Schreibkräfte, die Sekretärin des Hauptabteilungsleiters, ein Buchhalter und ein Ingenieur dazu. Sie saßen in den Vorzimmern des Chefs. Wir, die Werkstattschreiberinnen, waren dagegen in einem Nachbargebäude untergebracht. Ich arbeitete sehr gewissenhaft und war stets bereit, auch mal für meine Kolleginnen einzuspringen. Auch war ich früh morgens immer die Erste und abends die Letzte im Büro.

Nach einem halben Jahr wurde ich eines Morgens ins Büro des Hauptabteilungsleiters gebeten. Als ich das hörte, war ich sehr aufgeregt und überlegte, was ich wohl falsch gemacht haben könnte. Ich hoffte, dass ich nicht wieder entlassen werden würde. Mein Chef sah meine Erregung und bot mir daraufhin einen Stuhl an. Er meinte, es sei nichts Schlimmes, eher im Gegenteil. Der Buchhalter ging in Rente und es gab keinen Nachfolger. Die DDR litt ständig unter Arbeitskräfteknappheit. Somit war ich die Notlösung. Er meinte, dass er nur Gutes über mich gehört hätte und sich mich auf der Buchhalterstelle gut vorstellen könnte. Er gab mir Zeit, eine Nacht darüber zu schlafen. Am nächsten Tag sollte ich ihm meine Entscheidung mitteilen. Mir wurde schwindlig. Ich war ratlos. Würde ich das Richtige tun? Richard konnte mir auch keine hilfreiche Antwort geben. Aber wollte ich nicht zeigen, was ich konnte? Also entschied ich mich dazu, die Stelle anzunehmen. Und was soll ich sagen, es lief gut. Ich schaffte es, die Aufgaben zu meistern. Von Tag zu Tag fühlte ich mich sicherer.

Aber dann nahm das Schicksal seinen Lauf und es wurde noch verrückter. Drei Wochen, nachdem ich die neue Stelle angetreten hatte, bekam mein Kollege, der Ingenieur, einen Schlaganfall und verstarb. Dieser traurige Vorfall war für uns alle ein Schock. Dazu kam, dass ich nun auch noch seine Arbeit zu erledigen hatte. Was für eine Wendung des Schicksals! Ich, die Dahergelaufene, ohne Berufsausbildung und mit einem

Schulabschluss von nur acht Klassen machte die Arbeit von einem Buchhalter und einem Ingenieur. Wo gab es sonst noch so etwas auf der Welt?

In den darauffolgenden Jahren bekam ich immer mehr Verantwortung. 1973 wurde ich zum Abschnittsleiter des Bereichs für Inneres. Ich hatte die Werkstattschreiber, zu denen ich auch mal gehört hatte, die Schreibkräfte und die Sekretärin unter mir und ich war für alles Organisatorische und alle Schreibarbeiten verantwortlich. Alle Ingenieure und die anderen Abschnittsleiter mussten an mir vorbei, wenn sie zum Chef wollten. Oft rettete ich den Hauptabteilungsleiter aus unangenehmen Situationen, wenn ein Anruf kam, der ihm Ärger bereiten konnte. Ich begrüßte den Anrufer und sagte dabei laut seinen Namen, sodass es mein Chef hören konnte, und wartete auf sein Zeichen, entweder Abwinken oder Kopfnicken. Dann verleugnete ich ihn oder stellte den Anrufer zu ihm durch.

Ab Mitte der Siebzigerjahre bekam ich jedes Jahr Lehrlinge, die ich auszubilden hatte. Das war ab und zu eine ziemliche Herausforderung. Einmal, ich erinnere mich genau, bekamen wir ein Mädchen, das fürchterlich stotterte. Sie war zudem auch noch sehr wortkarg. Wir fanden heraus, dass sie vom Stiefvater misshandelt wurde oder vielleicht sogar noch schlimmer. Wir brachten das zur Anzeige und besorgten ihr einen Platz im Wohnheim. Mit Wohnheimen kannte ich mich schließlich aus, da ich eine lange Zeit dort gewohnt hatte.

Auch sind mir Ungerechtigkeiten zuwider. Ich finde, dass jeder und alles gerecht bewertet und behandelt werden sollte. Da gab es bei uns auf der Arbeit einen dafür typischen Fall. Ich hatte zwei Schreibkräfte. Die eine war jung, hübsch, redegewandt und flirtete gern mit Männern, am liebsten mit dem Chef. Die andere war schon älter, verheiratet, vielleicht nicht ganz so attraktiv und zurückhaltend. Beide machten ihre Arbeit gut, die Ruhige sogar noch etwas besser. Die Jüngere bekam immer die Belobigungen und Prämien. Diese Ungleichbehandlung ging mir schon länger gegen den Strich. So ein, zwei Jahre lang beobachtete ich das Ganze. Bei einer passenden Gelegenheit sprach ich das bei meinem Chef an. Er war etwas verlegen, sah es jedoch ein und das Problem mit der Ungleichbehandlung trat nie wieder auf.

Bis zur Wendezeit hatte ich mir im Betrieb einen Namen gemacht. Und 1988 war dann für mich der Höhepunkt meiner beruflichen Laufbahn. Mir wurde der Berufsabschluss als Facharbeiter für Schreibtechnik zuerkannt. Ich fand das etwas albern, weshalb ich schnippisch sagte, dass ich den Abschluss drei Jahre vor meiner Pensionierung nun auch nicht mehr bräuchte. Bis jetzt ging es auch ganz gut ohne.

Du warst zwar stolz, in deinem Leben etwas erreicht zu haben, hattest jedoch Angst oder Scham im Rampenlicht oder auf der Bühne zu stehen.

Das muss ja auch nicht sein.

Damals konnten die Frauen noch mit sechzig in Rente gehen. Etwas anderes ist in diesem Zusammenhang noch erwähnenswert. Mein Gehalt war seit Mitte der Achtzigerjahre wesentlich höher als das meines Mannes.

Mein Glaube und meine Überzeugung

Diese Karriere war auch aus einem anderen Grund nicht uninteressant. Heute heißt es ja immer, dass man ohne Parteibuch in der DDR nichts werden konnte. Das stimmte in vielen Fällen sogar, ich hatte allerdings das Glück, dass ich ohne die Alibi-Mitgliedschaft auskam. Es wäre mir auch schwergefallen, immerhin war ich evangelisch, und das aus ehrlichem Glauben. Wir haben versucht, dir diesen Glauben zu vermitteln, leider nur mit mäßigem Erfolg.

Was erwartest du? Ich bin Naturwissenschaftler. Für mich zählen Fakten. Jeder kann an das glauben, an das er will.

Jedenfalls haben wir dich im Frühling 1972 konfirmieren lassen.

Ich kann mich nur noch dunkel daran erinnern. Wir führten in der Kirche ein Stück aus der Bibel auf, irgendwas mit Rudern. Alle mussten so tun, als würden sie in einem Boot sitzen und rudern. Mein großer Auftritt bestand aus einem Satz: „Hilfe, Herr, wir gehen unter."

Du wurdest natürlich auch getauft.

Daran kann ich mich nun gar nicht mehr erinnern. Und bevor du nun etwas dazu sagst, ja, war ein blöder Scherz. Eigentlich müssest du meinen Humor nach vierundsechzig Jahren kennen.

Ich glaube an den lieben Gott, wie du weißt. Ich glaube auch deshalb an ihn, weil ich immer Glück im Leben hatte. Obwohl es oft schlimm aussah oder wir Pech hatten, ist es am Ende immer gut ausgegangen. Vor allem wenn ich an die Zeit der Flucht und Vertreibung denke. Allerdings habe ich nicht viel mit der Institution Kirche am Hut. Ich bin kein großer Kirchengänger, außer vielleicht an Weihnachten. Mir geht es da so wie meinem Vater. Ich lasse mich nicht gern vereinnahmen, vor allem, wenn ich sehe, dass man sich nicht immer so verhält, wie es die Bibel anmahnt. In den letzten Jahren gab es in den Nachrichten genügend Beispiele dafür. Die Missbrauchsfälle und das alles.

Ein Fall aus meiner eigenen Erfahrung hat mich besonders geärgert. Meine Schwiegermutter machte gemeinsam mit einigen anderen Frauen die Kirche und verschiedene Gemeinderäume unentgeltlich sauber, wischen, Staub putzen und so weiter.

Heute würde man ehrenamtlich dazu sagen.

Die Katechetin bekam hin und wieder Pakete von der evangelischen Kirche der Bundesrepublik. Sie verschenkte alles an die Geschäftsleute im Ort. Hätte man nicht jeder Frau auch einmal als Anerkennung ein Päckchen Kaffee geben können? Meine Schwiegermutter hätte sich so darüber gefreut.

Dasselbe gilt übrigens auch für die Politik. Ich mochte die Nazis nicht, und die Kommunisten waren mir auch nicht sympathisch, die Fahnenappelle und die heroischen Schwüre. Deswegen war ich nie in irgendeiner Partei. Ich lebte mein ganzes Leben nach meinen Maximen und war immer fleißig, freundlich, ehrlich und gerecht. Zumindest versuchte ich es, so gut es ging.

Anfang der Siebzigerjahre kamst du aufs Gymnasium, das in der DDR Erweiterte Oberschule hieß und zu dieser Zeit noch die Klassenstufen neun bis zwölf umfasste. Du warst in der achten Klasse der Zweitbeste und solltest auf die EOS delegiert werden. Deine Lehrerin empfahl uns, der Delegierung zuzustimmen. Ich war anfangs von ihrem Vorschlag nicht begeistert. Wenn es nach mir gegangen wäre, hättest du Elektriker gelernt. Handwerk hat goldenen Boden und als Elektriker arbeitet man meistens in Innenräumen und ist nicht Wind und Wetter ausgesetzt. Du wolltest aber unbedingt das Abitur und hattest dir in den Kopf gesetzt, Chemie zu studieren. Inzwischen hatte sich dein Interessengebiet geändert, von deinen Landkarten weg und hin zur Chemie.

Du hast dich perfekt ausgedrückt. Ich habe die Chemie geliebt. Sowohl die Theorie, wie die Stoffe miteinander reagieren, als auch die Praxis, mit Rauchbomben und Knallkörpern. Die kleinen Sprengsätze ließ ich dann immer auf dem Feld hochgehen. Das wäre heutzutage nicht mehr möglich. Da würde man als Terrorist gelten und womöglich gesiebte Luft atmen. Rückblickend gebe ich zu, dass das nicht immer ungefährlich war. Als Jugendlicher fühlt man sich halt unverwundbar.

Hör auf, davon zu reden. Du machst mir noch im Nachhinein Angst.

Ich will nur noch eins ergänzen. Die Chemie war mein bestes Schulfach. Ich stand von der siebten bis zur zwölften Klasse in Chemie immer auf 1,0.

Und du hast in der neunten Klasse auch die Chemieolympiade, den Leistungsvergleich in Chemie auf Kreisebene, gewonnen. Damit warst du sogar in der Zeitung.

Ja, da war ich stolz und glücklich. Das war ein unbeschreibliches Gefühl.

Also gingst du auf die EOS nach Merseburg. Dabei musstest du jeweils zweimal täglich zehn Kilometer mit dem Zug zurücklegen. Zum Glück gab es außer dir noch etliche andere Schüler aus den umliegenden Orten, die das gleiche Schicksal hatten und fahren mussten. In der neuen Schule lief es so weit ganz gut. Dein Notendurchschnitt sank zwar etwas, was jedoch nach einem Wechsel zur Oberschule nicht unüblich war. Es gab allerdings etwas Negatives, das uns allen schwer im Magen lag.

Ich kann mir denken, worauf du hinauswillst, und stimme dir voll und ganz zu. In der DDR wurden ständig junge Abiturienten gesucht, die statt ein ziviles Studiums zu absolvieren, sich für eine Offizierslaufbahn in der Armee entschieden. Mein Klassenlehrer war ein Stalinist und Betonkopf. Er hatte sich zum Ziel gesetzt, alle Jungs dazu zu bewegen, eine solche Offizierslaufbahn einzuschlagen. Dazu setzte er allerlei, aus heutiger Sicht fragwürdige Methoden ein. Wir, die Jungs unserer Schule, wurden so ein- bis zweimal im Jahr einzeln aus dem Unterricht geholt und saßen dann für circa zwanzig Minuten einer Kommission gegenüber. Diese bestand aus dem Klassenlehrer, dem Direktor und einem Offizier vom Wehrkreiskommando. Wenn wir es ablehnten, Offizier zu werden, wurden wir gefragt, ob wir etwas gegen unseren sozialistischen Staat hätten, weil wir ihn nicht verteidigen wollten. Und man müsste sich genau überlegen, ob man dann fürs Abitur zugelassen würde. Das fühlte sich für einen Jugendlichen wie mentale Folter an. Wenn wieder so etwas anstand, konnte ich vorher nächtelang nicht schlafen.

Eines Tages kündigte sich dein Klassenlehrer bei uns zu einem Hausbesuch an. Ich stellte sehr schnell fest, dass es nicht um die Noten meines Sohnes ging, sondern einzig und allein um sein Anliegen, dich zum Offiziersstudium zu überreden. Er kam schnell zur Sache, denn er sagte: „Frau Wagner, Ihr Sohn wird Offizier!" Ich erwiderte ihm: „Davon weiß ich gar nichts." Dann er wieder: „Das haben wir so beschlossen!" Langsam kam ich in Fahrt: „Das glaube ich nicht! Er will doch Chemie studieren!" Nun wurde auch er bestimmter und meinte: „Sie müssen ihn dazu anhalten! Wir können ihn beim Abitur auch durchfallen lassen!" Daraufhin sagte ich barsch und trotzig: „Das macht auch nichts! Dann wird er eben Elektriker!" Damit war das Gespräch oder besser gesagt der verbale Schlagabtausch beendet, und er verließ uns wieder.

Ich hatte alles gehört, denn ich lauschte an der Wohnzimmertür. Von diesem Augenblick an warst du meine Heldin. Ich war so stolz auf dich.

Sogar Richard, der die ganze Zeit neben mir saß und kein Wort sagte, staunte über mich. Und ja, du hast das Abitur bestanden und wurdest kein Elektriker.

Das war die zweitschlimmste Zeit in meinem Leben und darauf folgte dann die schlimmste Zeit meines Lebens, die Armeezeit.

Diese anderthalb Jahre Grundwehrdienst, die jeder körperlich gesunde Junge ableisten musste, waren für mich vergeudete Zeit. Ich kam in das Panzerbataillon des Mot.-Schützenregiments Nummer eins in Oranienburg, nördlich von Berlin. Es war auch nicht wie heutzutage bei der Bundeswehr, sondern hatte einen Hauch von Straflager. In den achtzehn Monaten war ich nur sechsmal für wenige Tage auf Urlaub und hatte nur zweimal Ausgang. Fast die gesamte Zeit verbrachte ich in der Kaserne. Der Stoff über meine Erlebnisse in dieser Zeit würde für ein ganzes Buch reichen.

Ich konnte es auch verstehen, dass ihr nicht zu meiner Vereidigung da wart und mich in der Zeit auch nicht einmal besucht habt. Das mag jetzt komisch klingen, aber es half mir, die Armeezeit von der Zeit in Freiheit mental zu trennen. Deshalb war der Tag meiner Entlassung in die Freiheit auch der schönste Tag in meinem Leben.

Ja, das war damals so. Wir hatten dir auch bereits vorher gesagt, dass wir dich in dieser Zeit nicht besuchen würden. Das wäre ja so, als wenn ich das Säbelrasseln gutgeheißen hätte.

Gutes und Schlechtes so nah beieinander

In den achtzehn Monaten deiner Abwesenheit ist bei uns aber auch viel passiert. Wir verbrachten zum ersten Mal unseren Urlaub im Ausland und flogen für drei Wochen nach Sotschi. Wir buchten dort jeden Ausflug, der möglich war. Am besten gefielen mir die Affenfarm in Gagra und der Hubschrauberflug in die Karpaten. Für Richard war die subtropische Vegetation am schönsten. Er sammelte überall Samen und Pflanzenteile, um sie im Schrebergarten auszusäen. Erstaunlicherweise kam er mit dem Koffer voller Pflanzen gut durch den Zoll. Allerdings hatte nach zwei Jahren keine von diesen Pflanzen in unserem Garten überlebt.

Außerdem bauten wir eine neue Gartenlaube, deutlich größer und aus Stein. Nun konnte man auch mal im Garten übernachten. Damit war auch die Möglichkeit für unsere Gartenpartys geschaffen, die einige Jahre später stattfanden.

Eine andere Sache war allerdings sehr traurig. Mein Vater starb am 8. April 1978.

Ja, ich wäre gern zur Beerdigung meines Opas gekommen. Es waren nur noch knapp drei Wochen bis zu meiner Entlassung.

Wie du weißt, ging das nicht. Ich musste mich auf dem Polizeirevier entscheiden, entweder du oder seine Kinder aus dem Westen. Du als Armeeangehöriger durftest unter Strafe nicht mit Leuten aus dem westlichen Ausland zusammentreffen, auch nicht, wenn es deine eigenen Verwandten waren.

Was hätte ich verraten können, was der BND längst nicht schon wusste? Das war einfach nur Schikane.

Ich musste an gleicher Stelle deine Bescheinigung und die meiner Geschwister beantragen. Ich habe es versucht, aber sie lehnten das ab. Na ja, da konnte man nichts machen. Das war damals so.

Ich möchte noch mal auf meinen Vater zu sprechen kommen. Er bekam ein Grab mit Grabstein und Inschrift auf dem Friedhof in Schkopau. Ich kümmerte mich von Anfang an um die Pflege seines Grabes. Seine Frau war auch schon älter und damit körperlich überfordert. Und meine im Ort lebende Schwester war wegen ihres Diabetes auch nicht dazu in der Lage. Also organisierte und bezahlte ich mehrmals jährlich sowohl die Bepflanzung als auch deren regelmäßiges Gießen und das Jäten des Unkrauts. Nach einigen Jahren wurde ich von der Gemeinde benachrichtigt, dass der Grabstein locker und zu befestigen sei. Ich kümmerte mich auch darum. Natürlich tat ich das für das Andenken meines Vaters gern, der mir in meinem Leben immer ein Vorbild war und mir oft in schwierigen Lebenslagen half.

Mich ärgerte allerdings, dass meine Geschwister alle paar Jahre kamen, um sein Grab zu besuchen, und dann meist belanglose Dinge kritisierten. Einmal waren die Blüten der Blumen auf seinem Grab zu dunkelrot. Nach Ansicht meiner Schwester hätte mehr Gelb darin sein müssen. Und ähnliche Dinge. Ich ärgerte mich wirklich sehr darüber, sagte aber nichts, da wir andererseits die vielen Westpakete bekamen. Manchmal muss man im Leben Kompromisse eingehen.

Nach deiner Entlassung aus der Armee begannst du auf mein Anraten hin, für einige Monate als ungelernte Hilfskraft in einer Forschungsabteilung in unseren Buna-Werken zu arbeiten.

Das gefiel mir sehr. Ich konnte schon mal sehen, wie es in meinem späteren Beruf so zugehen würde, und ich verdiente zum ersten Mal in meinem Leben so richtig Geld. Und was fast noch wichtiger war, du gabst mir clevere Tipps, wie ich mithilfe des Betriebs finanziell besser durch das Studium kommen würde. Ich kann mich bei dir gar nicht genug dafür bedanken!

Ja, ich kannte alle Tricks und Kniffe, die ich auch meinen jungen Mitarbeitern gab, die zum Studium gehen wollten. Man musste die schriftliche Bestätigung des Studienplatzes von der Uni vorlegen und sagen, dass man einen Delegierungsvertrag abschließen wollte. Diese Delegierung bedeutete, dass man vom Unternehmen zum Studium geschickt wurde und man sich verpflichtete, danach dort wieder für mindestens drei Jahre anzufangen. Damit sicherte sich das Unternehmen wertvolle Arbeitskräfte. Aber vor allem der Mitarbeiter hatte viele Vorteile. Wenn der Notendurchschnitt von zwei Semestern bei 2,0 oder besser lag, gab es für das Jahr eine Leistungszulage. Zusätzlich bekam man jedes Jahr Büchergeld. Wenn man dann zurückkam, wurde man automatisch mit einer höheren Lohn- bzw. Gehaltsgruppe eingestellt als Uni-Absolventen ohne Delegierung. Außerdem wurde die Zeit des Studiums als Betriebszugehörigkeit gerechnet.

Ja, das mit der Betriebszugehörigkeit führte später beim Beginn meines Arbeitslebens zu einer kuriosen Geschichte. Wenige Tage nachdem ich nach Studium und Promotion wieder in den Buna-Werken begonnen hatte, feierte ich bereits mein zehnjähriges Betriebsjubiläum.

Dann ging es los. Nach der schlimmsten Zeit meines Lebens folgte die schönste, mein Chemiestudium. Es lag nicht nur am Studentenleben. Nein, die Chemie war auch meine Erfüllung. Und weil es so schön war, hängte ich gleich noch die Promotion an.

Ich hätte nicht gedacht, dass du mal so weit kommst, vom Beinahe-Elektriker zum Doktor. Ich kenne keinen in unserer weiteren Verwandtschaft, der das geschafft hätte. Wenn dein Opa noch leben würde, wäre er stolz auf dich.

Eine Sache lag mir aber noch im Zusammenhang mit deinem Chemiestudium am Herzen. Ich wollte nicht herausfinden müssen, dass du dich an der Entwicklung oder Herstellung von chemischen Waffen beteiligst.

Nein, das würde ich nie machen, und das weißt du auch! Ich habe später nicht mal mehr Knallzeug hergestellt. Ich war später im Beruf an der Optimierung von Chemieanlagen beteiligt. Das ging vor allem in Richtung Reaktionskinetik.

Wie, Biologie?

Du meinst Genetik. Nein, Kinetik ist etwas völlig anderes. Es ist ein Zweig der Chemie und beschäftigt sich mit dem zeitlichen Ablauf von chemischen Reaktionen. Also grob gesagt, wie schnell etwas chemisch reagiert.

Das wird mir jetzt zu speziell. Lass uns zu meiner Lebensgeschichte zurückkehren.

Ja, genau. Was ist bei euch noch so in dieser Zeitspanne zwischen 1978 und 1986 passiert?

Wir fuhren wie jedes Jahr in den Urlaub. Darunter waren auch die Reisen zu den Weißen Nächten nach Leningrad und zum zweiten Mal nach Sotschi. Die Sotschi-Reise war unser gegenseitiges Geschenk zur Silberhochzeit. Wir wollten keine große Feier und stattdessen lieber verreisen. Sotschi mit seinem mediterranen Flair gefiel uns einfach so gut, dass wir nicht genug davon bekommen konnten. Auch hatten wir beim ersten Mal noch nicht alles Sehenswerte erkundet, und Richard wollte es auch noch mal mit der subtropischen Pflanzenwelt in unserem Garten versuchen. Man ahnt es schon, es klappte wieder nicht. Alles ging wie schon beim ersten Mal nach zwei Jahren ein.

Familienerweiterung

Jeden Sommer verbrachten wir im Schrebergarten schöne Sommertage mit Grillen und Partylichtern am Abend. Mit unserer neuen Laube wurde unser Garten an den Wochenenden für uns zum Erholungsparadies. Inzwischen hatten wir auch ein neues Familienmitglied bekommen, das uns nun oft im Garten besuchte. Du hattest dir bei einem Discobesuch im Nachbarort eine Freundin angelacht, Petra war ihr Name. Das geschah wohl schon während deiner Schulzeit auf der Oberschule. Eure Liebschaft dauerte nun schon mehr als fünf Jahre und hatte sogar deine Armeezeit überstanden, was bei anderen oft nicht der Fall war. Eines Tages kamt ihr zu uns und sagtet, dass ihr heiraten wolltet. Petra war der Auffassung, dass es unbedingt 1980 sein musste. Das sei eine glatte Zahl, die man sich gut merken kann.

Gesagt, getan. Ich organisierte alles, die Gaststätte, die Torten und den Kuchen, die ich natürlich selber buk. Eure und unsere Hochzeit hatten zwei Analogien. Petra fand kein Hochzeitskleid, das ihr gefiel. Ich fuhr mit ihr nach Halle, Leipzig und zuletzt sogar noch nach Berlin auf der Suche nach dem passenden Kleid. Bei jedem schüttelte sie nur den Kopf. Da blieb uns nur noch Stoff, zu kaufen und ihr Wunschkleid bei der Bekannten nähen zu lassen, die damals auch schon mein Kleid angefertigt hatte. Und die zweite Analogie war das Datum der Hochzeit. Eure Hochzeit war am 6. September 1980, zwei Tage nach unserem Hochzeitstag sechsundzwanzig Jahre zuvor.

Die Hochzeitszeremonie fand auf dem Standesamt in Bad Lauchstädt statt. Es waren dreizehn Gäste geladen, die Eltern des Brautpaares, die Großeltern und die Geschwister mit ihren Partnern. Da du ein Einzelkind bist, gab es nur Geschwister von Petras Seite. Im Gegenzug hatte meine Schwiegertochter keine

Großeltern mehr und es kamen bloß meine Schwiegermutter und meine Stiefmutter. Nach dem Standesamt ging es zur Kaffeetafel in die Gaststätte. Anschließend wurde zum Fototermin im Kurpark Aufstellung genommen. Nach einem ausgedehnten Spaziergang gab es Abendessen und den restlichen Abend wurde ausgiebig getanzt.

Die Hochzeitsfeier hatte allerdings für Anna und mich noch weitreichende Nachwirkungen. Wie schon erwähnt, gab es zum Kaffee mehrere von mir selbst gebackene Torten und Kuchen, Mohnkuchen, Zupfkuchen, Ananas- und Quarktorte. Anna hatte einige Speisen, die sie über alles liebte. Das war neben Fettschnitten und Kokosflocken vor allem Ananas. Sie musste die Ananastorte die ganze Zeit nicht bemerkt haben. Nachdem sie drei Stücke von anderen Torten verzehrt hatte, fragte sie, was denn das am anderen Ende der Tafel sei. Leider war es da bereits zu spät. Sie war schon aufgegessen. Man merkte, dass sie sich darüber ärgerte. Da ich wusste, wie gern sie Ananas aß, hatte ich zu Hause noch eine solche Torte für den Tag danach in Reserve. Am nächsten Tag beauftragte ich dich, deiner Oma etwas von ihrer geliebten Ananastorte vorbeizubringen. Nach einer Weile kamst du zurück und meintest, dass es ihr nicht gut ging und sie sterbenselend aussah. Sie lag im Bett. Es sah wie eine ausgewachsene Magen-Darm-Grippe aus und ich möchte das hier nicht weiter vertiefen. Später stellte es sich als eine überstrapazierte Bauchspeicheldrüse heraus, die normalerweise ein Leben unter Diät erfordert. Da sie sich auch später nicht daran hielt und ihr geliebtes Brot mit reichlich Fett darauf aß, wurde sie immer wieder krank.

Einmal war es so schlimm, dass sie für zwei Wochen im Krankenhaus behandelt werden musste. Jedes Mal, wenn Anna krank war, musste jemand bei ihr bleiben, wenigstens die ersten Tage, vor allem nachts. Obwohl es Richards Mutter war, meinte er, dass er so was nicht konnte. Also war es an mir, diese Arbeit zu übernehmen.

Am Wochenende war es kein Problem, wochentags aber schon. In der Woche kamen Richard und ich gegen siebzehn Uhr mit dem Zug von der Arbeit. Richard ging nach Hause und ich zu Anna. Dort betreute ich sie, so gut es ging. Ich kochte ihr Kamillentee, machte ihr Erbrochenes weg, bezog ihr Bett neu und tröstete sie, indem ich ihr Geschichten erzählte. Dabei war klar, dass sie mich nicht gehen ließ. Also machte ich es mir in ihrem Sessel gemütlich und übernachtete bei ihr. Das passierte jedes Mal die ersten drei bis vier Nächte. Morgens ging ich dann von ihr direkt zum Bahnhof, um wieder zur Arbeit zu fahren. Dort traf ich dann auch meinen Mann wieder.

Eines Tages, als ich wieder mal in solch einer Situation war, fragte mich mein Chef, ob ich zu Hause ausgezogen sei und auf einer Parkbank schlafe. Da war mir klar, so konnte es nicht weitergehen. Außerdem ärgerte ich mich, dass, wenn es Anna wieder besser ging, sie sagte, dass sie jetzt wieder alles essen könne. Damit war der nächste Rückfall vorprogrammiert. Es musste eine Lösung gefunden werden.

In einem Nachbarort etwa sechs Kilometer entfernt gab es eine Seniorenresidenz mit angeschlossener Pflege. Anna stand unserem Vorschlag aufgeschlossen gegenüber und stimmte ihrem Umzug dorthin zu. Sie sah ein, dass es so nicht mehr weitergehen konnte. Meine Schwiegermutter war noch sehr mobil und hatte in ihrem neuen Zuhause alle Freiheiten. Sie kam uns und andere Bekannte des Öfteren mit dem Bus besuchen. Von dem Zeitpunkt an war ihre Bauchspeicheldrüse in Ordnung und sie wurde nie wieder krank.

Fast gleichzeitig wurde meine Stiefmutter wegen ihrer sich immer weiter verschlimmernden Angina Pectoris ebenfalls in eine Pflegeeinrichtung eingewiesen. Diese befand sich allerdings in Bad Dürrenberg, etwa zwanzig Kilometer von uns entfernt. Wenn ich sie besuchen wollte, musste ich zuerst mit dem Zug und dann mit der Straßenbahn fahren. Damit waren meine Wochenenden verplant. Jeden Samstag fuhren Richard und ich mit dem Fahrrad zu Anna und sonntags besuchte ich dann meine Stiefmutter. Anders als bei meiner Schwiegermutter verschlechterte sich ihre Gesundheit immer weiter. Am 15. Dezember 1988 verstarb meine Stiefmutter im Pflegeheim. Anna dagegen erfreute sich noch viele Jahre bester Gesundheit.

Eine ereignisreiche Zeit

So ist der Lauf der Dinge, Leben vergeht und neues Leben entsteht. Am 9. September 1986, knapp zwei Jahre, bevor meine Stiefmutter starb, wurde meine einzige Enkelin Susanne geboren.

Das war der Höhepunkt des Jahres 1986.

Wenn ich mich recht erinnere, beendetest du mit der Verteidigung deiner Doktorarbeit erfolgreich deine Promotion. Gleich danach begannst du dann im September des gleichen Jahres, eine Woche vor der Geburt deiner Tochter, dein Arbeitsleben in den Buna-Werken.

Ja, in der Forschung.

Und zwei Monate später ging Richard in Rente. Das ging Schlag auf Schlag.

Daran kann ich mich noch gut erinnern. Er kam mit einer großen Kiste und übergab mir sein gesamtes Büromaterial.

Richard hat sein ganzes Arbeitsleben lang gejammert, dass er es auf der Arbeit nicht aushält und seine Chefs ihn kaputtmachen wollen und er sich auf das Rentenalter freut. Ich konnte es schon gar nicht mehr hören. Aber dann, einen Monat vor seinem Ruhestand, sagte er, dass er noch ein Jahr dranhängen wollte. In der DDR erhielt man weiterhin sein Gehalt plus die volle Rente, wenn man nach dem 65. Geburtstag weiterarbeitete. Für die Frauen galt dasselbe ab sechzig. Sein Ansinnen, länger zu arbeiten, erstickte ich gleich im Keim. Ich hielt ihm vor, dass sein jahrzehntelanges Gejammer wohl nur Theater gewesen war. Daraufhin blieb ihm nichts anderes übrig: Er ging pünktlich mit seinem 65. Geburtstag in den Ruhestand.

Die Wendezeit

Dann kam die Wende, oder der Umsturz, wie ich es nannte.

Ja, der Umsturz, das war immer dein Begriff dafür. Aber bleib mal lieber hier in deiner Erzählung bei Wende. Umsturz klingt so brutal.

Na gut. Ich war doch überrascht, dass so ein Systemwechsel möglich war, vor allem so relativ schnell. Obwohl man sagen muss, dass sich die Situation in der Bevölkerung bereits Monate zuvor zugespitzt hat.

Opa hat's doch vorausgesagt!

Ja, aber wirklich daran geglaubt hatte damals niemand. Man dachte, die da oben sind alt und haben nichts zu verlieren. Eher drücken sie auf den Atomknopf, als nachzugeben. Andererseits musste etwas passieren, denn die DDR-Wirtschaft lag am Boden. Bei uns in den Buna-Werken waren die Chemieanlagen bis auf wenige Ausnahmen alt und abgewirtschaftet. Überall gab es Rost und ständig war was kaputt. Die Dampfleitungen hatten Lecks und Dampf schoss an vielen Stellen aus den Rohren. Es war wie ein Wunder, dass die Anlagen trotzdem, so gut es ging, liefen. Es gab den aus der Rätselwelt entlehnten, aber ironisch gemeinten Spruch: „Loch an Loch und es hält doch."

Andererseits hatte die Wende auch negative Auswirkungen auf die Menschen, den Abbau von Arbeitsplätzen, und das DDR-weit. So geschah es auch in den Buna-Werken. Ich glaube, bei uns ging es 1990 los. Zuerst waren die Karbidfabriken dran, circa ein Viertel der gesamten Belegschaft des Unternehmens wurde auf einen Schlag entlassen.

Ich habe das auch miterlebt. Es gab eine Entlassungswelle nach der anderen, jedes halbe Jahr. Es war wie in der Schule, wenn der Lehrer nach und nach einige Schüler zur mündlichen Leistungskontrolle aufrief und man nicht vorbereitet war. Man duckte sich hinter dem Vordermann und hoffte, dass man nicht drankam. Hier hoffte man auch. Das ging über viele Jahre so. 1997 waren von den ehemals über 20.000 Beschäftigten noch knapp 10 % in Lohn und Brot. Ich hatte Glück und war noch mit an Bord. Der amerikanische Chemiekonzern Dow Chemical kaufte die Reste und baute Teile des Werks neu auf. Dadurch eröffneten sich für mich neue, ungeahnte Chancen. Wie du weißt, kam ich in eine internationale Forschungsgruppe mit Schwerpunkt in den USA.

Ich hatte auch Glück, aber auf andere Weise. Ich wäre im April 1991 regulär in Rente gegangen, wurde aber ein halbes Jahr vorher mit einer angemessenen Abfindung entlassen. Besser konnte ich es nicht treffen. Unterm Strich hatte ich sogar noch etwas mehr, als wenn ich bis zum Schluss gearbeitet hätte.

Nun, im Frühjahr 1991 waren wir beide Rentner. Ich beantragte meine Rente, erwartete jedoch nicht viel. Schließlich hatte ich in meinem Arbeitsleben eine Lücke von mehreren Jahren und war auch länger in Teilzeit beschäftigt gewesen. Erstaunlicherweise wirkte sich mein guter Verdienst in den letzten zwanzig Jahren in Buna als sehr rentensteigernd aus. Außerdem hatte mich Anna dazu überredet, in der Phase der Kindesbetreuung freiwillig wenigstens kleine Beträge für die Rente einzuzahlen. Das führte dazu, dass meine Rente fast so hoch war wie die meines Mannes. Und damit konnten wir sehr gut leben.

Eine andere bis dahin ungewohnte Sache war die viele Freizeit, die wir ab jetzt hatten. Wir konnten uns noch intensiver um unseren Schrebergarten kümmern. Außerdem beschlossen wir, den anderen Teil Deutschlands und die schönsten Gebiete Europas zu erkunden. Also verlegten wir unsere Urlaubsreisen in Richtung Westen. Zu unserem Glück wurde einige Kilometer entfernt ein kleines Reiseunternehmen gegründet, das sich vor allem auf Busreisen spezialisierte. Sie holten die Reisenden von zu Hause ab und brachten sie nach Reiseende auch wieder bis vor die Haustür. Wir nutzten das und unternahmen bestimmt um ein Dutzend mehrtägige Reisen mit Hotelübernachtungen, Besichtigungen und Weinproben. Auf diese Weise lernten wir die Städte in Oberbayern, am Rhein oder an der Küste kennen. Es waren auch entferntere Ziele wie der Gardasee, die Riviera und die Côte d'Azur dabei. Einmal fuhren wir auch mit euch in eurem ersten kleinen Auto mit.

Ja, das war eine Woche nach Walsrode in die Lüneburger Heide. Das war zu fünft in unserem kleinen Ford Fiesta. Weil unsere Tochter damals erst sechs Jahre alt war und nicht viel Platz brauchte, ging das einigermaßen gut. Der Urlaub war wirklich sehr schön.

Wir wohnten da in einem sogenannten Nur-Dach-Haus, das auf einem weitläufigen Gelände mitten im Grünen mit einem großen, für Kinder gut geeigneten Spielplatz stand. Am besten gefielen uns die Besuche der Parks, des Vogelparks Walsrode, des Safariparks Hodenhagen und natürlich des Heideparks Soltau mit seinen vielen Fahrgeschäften.

Ich muss zur Erklärung sagen, dass wir unser ganzes Leben lang kein Auto besaßen. Erstens hatten wir lange Zeit nicht das notwendige Kleingeld dafür. Und zweitens hatten wir auch nicht das richtige Interesse, eine Fahrschule zu besuchen und die Fahrprüfung zu machen. Wir waren es gewohnt, dass uns Bus und Bahn immer ans gewünschte Ziel brachten. Und dann als Rentner wollten wir es auch nicht mehr. Und wenn wir mal ins Grüne wollten, hatten wir unseren schönen Garten. Heutzutage sind Autos aus den Familien nicht mehr wegzudenken. Nicht nur weil die Menschen bequemer geworden sind, sondern auch, weil es nicht mehr so viel, wie sagt man …

Öffentlichen Nahverkehr.

… ja, öffentlichen Nahverkehr gibt. Unsere Bahnstrecke von Merseburg nach Bad Lauchstädt wurde inzwischen auch stillgelegt.

Das Wagner-Pech

1992 gab es dann weitere Neuigkeiten, die sich diesmal auf unsere Wohnung bezogen. Unser ehemaliger Betrieb, mittlerweile in Buna AG umgewandelt, verkaufte seine Werkswohnungen. Wir, die Mieter, bekamen das Vorkaufsrecht. Am Anfang machten viele Gerüchte die Runde. Eines davon war, dass die Preise sehr hoch und damit unbezahlbar sein würden. Weil der Preis für unsere unsanierte Wohnung angemessen war und uns Fördergelder in Höhe eines Drittels des Kaufpreises versprochen wurden, entschlossen wir uns dazu, sie zu kaufen. Obwohl uns noch etwas Ärger ins Haus stand, haben wir den Kauf nie bereut. Die Mieter, die ihre Wohnung nicht kaufen wollten, bekamen neue Eigentümer und mussten weiterhin Miete zahlen. Den Kaufpreis konnten wir aufbringen, da wir wie in alter Gewohnheit auch nach der Wende sparsam lebten. Mit dem Fördergeld wollten wir die ersten Sanierungsmaßnahmen durchführen.

Das mit den Fördergeldern klappte bei allen anderen gut, nur bei uns nicht. Relativ kurze Zeit nach der Beantragung, die zentral pro Wohneinheit durchgeführt wurde, flossen die Gelder. Nur unsere Wohneinheit, eine zusammenhängende Häuserreihe mit sechs Eingängen, wartete vergebens auf die Zahlung. Auch auf mehrere Beschwerden unsererseits tat sich nichts. Erst als wir mit dem Anwalt drohten, wurde uns gesagt, dass die Kiste mit den Anträgen verschwunden und nicht mehr aufzufinden sei. Nun blieb uns nur noch die Möglichkeit, uns an die Landesregierung Sachsen-Anhalts zu wenden, die die Fördermittel vergab. Nach mehrfachem Hin und Her klappte es dann doch noch. Man sah ein, dass wir am Verschwinden der Unterlagen völlig unschuldig waren, und zahlte alles mit erheblicher Verspätung aus. Zweieinhalb Jahre nachdem die anderen ihre Fördermittel erhalten hatten, bekamen wir unser Geld. Ich nenne das immer das Wagner-Pech. Zwischendurch Pleiten, Pech und Pannen, aber am Ende geht es dann doch gut aus.

Ein weiteres Beispiel für dieses Wagner-Pech war die Geschichte mit der fremden Krankenkasse. Die Buna AG gründete ihre eigene Krankenkasse für Mitarbeiter und Ehemalige. Richard und ich traten natürlich der Buna BKK bei, die sich später mit anderen Krankenkassen zur BKK VBU zusammenschloss. Kurze Zeit nachdem ich der Buna BKK beigetreten war, bekam ich plötzlich Post von der Leuna BKK, obwohl ich weder mit dieser Krankenkasse in Kontakt getreten war, noch jemals in meinem Leben in Leuna gearbeitet hatte. Leuna ist der zweite große Chemiestandort etwa zehn Kilometer südlich der Buna-Werke. Gleich nachdem ich das Schreiben erhalten hatte, in dem sie mich als neues Mitglied begrüßten, rief ich dort an und stellte klar, dass das ein Fehler sein musste, und bat um Richtigstellung des Irrtums. Wenige Wochen später bekam ich wieder Post von dort. Diesmal war ich ungehaltener und verlangte am Telefon, mich aus ihren Computern zu löschen. Die Mitarbeiterin der Krankenkasse versicherte mir, das zu tun.

Na ja, du kannst dir denken, was dann passierte. Ich bekam einen weiteren Brief aus Leuna mit einer Mahnung. Da packte mich der Senf und ich fuhr nach Leuna zur dortigen BKK und fragte mich zum Büro der zuständigen Bearbeiterin durch. Ich erklärte ihr den Sachverhalt und bat sie eindringlich, meine Daten zu löschen. Sie schaute mich nur mitleidig an und meinte, dass die Kollegin, die meine Daten bearbeitete, im Urlaub sei und sie keine Berechtigung dafür habe. Das nervte mich jetzt endgültig und ich holte die großkalibrigen Geschütze raus. Ich setzte mich auf einen Stuhl und sagte, dass ich hier sitzen bleiben würde, bis mich jemand aus dem System löschte. Und dass ich hier in ihrem Büro so lange warten würde, notfalls bis die Kollegin aus ihrem Urlaub wieder da sein würde. Daraufhin wurde die Sachbearbeiterin kreidebleich und verschwand aus dem Büro. Nach ungefähr zwanzig Minuten erschien sie mit einem Kollegen, der sich an den Computer setzte und meine Daten löschte. Damit hatte sich das nervige Problem erledigt.

Die Zeit mit meiner Enkeltochter

Trotz mancher nervigen Geschichte erlebte ich in den Neunzigerjahren auch viele erfreuliche Dinge. Viel Freude bereitete mir meine Enkeltochter Susanne, die nun mittlerweile ein Schulkind war. Da du und Petra meistens arbeiten musstet, übernahm ich ab und zu ihre Betreuung. Genau genommen, begann es aber schon im Kindergartenalter.

Wenn es nötig war, ging ich mit ihr zum Arzt oder brachte sie zum Bus, wenn es auf Klassenfahrt ging. Einmal, ich weiß noch ganz genau, sollte Susanne eine Brille bekommen. Beim Augenarzt wurde ihr für eine Woche lang ein Auge zugeklebt. Sie weinte herzerweichend, weil sie sich schämte und deshalb auch nicht mehr in die Schule gehen wollte. Ich beruhigte sie und versprach ihr, mit ihr Eis essen zu gehen und dass sie sich Spielzeug aussuchen durfte. Am Ende des Tages besaß sie ein neues Polly Pocket und der größte Schmerz über das zugeklebte Auge war erst mal vergessen und in die Schule ging sie natürlich weiterhin.

Wir sind dir heute noch sehr dankbar, dass du die Betreuung unserer Tochter übernommen hast, wenn es nötig war. Allerdings kam fast jedes Mal ein neues Spielzeug hinzu. Wir hatten Massen an Polly Pocket, Arielle-Figuren und Videos und Barbies in allen Varianten mit sämtlichem Zubehör – wir hätten damit handeln können.

Eltern haben die Pflicht, ihre Kinder zu erziehen, und Großeltern haben das Privileg, ihre Enkelkinder zu verwöhnen. Ihr macht es jetzt mit euren Enkeln nicht viel anders.

Du hast ja recht.

Und am schönsten war es, wenn sie über die Schulferien einige Wochen bei uns war. Sie half mir im Garten oder wir waren im Erdbeerfeld. Abends spielten wir Karten und lasen uns gegenseitig vor oder erzählten Geschichten im Bett. Richard schlief dann immer freiwillig im Kinderzimmer. Die Höhepunkte waren, wenn wir in die nächstgrößere Stadt zum Bummeln fuhren. Ab und zu bekam sie ein neues Kleid oder eine Bluse oder wir haben einfach nur Sachen anprobiert. Es war eine sehr schöne Zeit, vielleicht sogar die schönste in meinem Leben.

Wie das so im Leben ist, nichts bleibt für immer und alles verändert sich, oft nur schleichend. Susanne wurde älter und ihre Interessen begannen, sich zu verschieben. Sie kam uns immer noch besuchen, brauchte aber nicht mehr so viel Betreuung und Fürsorge.

Ich als Bau-Oma

Dafür brauchte ich eine neue Aufgabe. Da kam mir gerade recht, dass ihr euch entschlossen hattet, ein eigenes Haus zu bauen, oder besser gesagt, bauen zu lassen. Ein Bauunternehmen war schnell gefunden und die Finanzierung war dank deiner gut bezahlten Arbeit als Chemiker bei der Dow auch kein Problem. Du musstest während der Bauzeit von über einem Jahr mehrmals für einige Wochen auf Geschäftsreise und konntest den Baufortschritt nicht überwachen. Eine Überwachung ist das A und O beim Bauen, wie es sich noch herausstellen sollte. Ich war froh und dankbar, dass ich das übernehmen durfte. Ihr kauftet ein mittelgroßes erschlossenes Grundstück in einem Baugebiet am Stadtrand von Merseburg. Einige Monate später schlosst ihr mit einer Baufirma einen Vertrag ab.

Das war eine glückliche Fügung. Dadurch ersparten wir uns die Grunderwerbssteuer für das Haus und mussten diese nur für das Grundstück entrichten.

Als es dann endlich losging, fuhr ich fast jeden Vormittag mit dem Zug zur Baustelle und am Nachmittag wieder zurück. Am ersten Tag stellte ich mich den Arbeitern als Bau-Oma vor. Sie lachten und meinten, dass sie so etwas noch nie erlebt hätten. Leider wurde ich oft enttäuscht, da sie meistens durch Abwesenheit glänzten.

O ja. Das war sehr nervenaufreibend. In den achtzehn Monaten zwischen der Unterschrift und dem Einzug ins neue Haus bin ich um mindestens ein Jahrzehnt gealtert und bekam meine ersten grauen Haare. Das erste Warnzeichen war, dass der Architekt vier

Monate für den Bauantrag benötigte. Aus einem Telefonat mit ihm hörte ich heraus, dass er noch auf seine Bezahlung für frühere Projekte wartete. Das zweite Warnsignal war die Verschachtelung des Unternehmens. Unterschrieben haben wir bei einer Firma in Magdeburg. Die Bauarbeiter kamen von einer Firma im Harz. Das Geld ging allerdings an eine dritte Firma aus der Nähe von Porta Westfalica.

Ich sage immer, dass man eine Baufirma vor Ort nehmen muss. Die können sich nicht ganz so leicht verleugnen lassen. Notfalls kann man da persönlich vorsprechen.

Jetzt weiß ich das auch. Nach den ersten vier Monaten für den Bauantrag dauerte es noch weitere fünf Monate, bis der Rohbau fertiggestellt war. Ende Oktober 1998 war es endlich so weit, wir hatten Richtfest. Wir organisierten ein kaltes Büfett mit Hackepeterbrötchen, Salaten, Bier und Schnaps und luden die Bauarbeiter und einige unserer zukünftigen Nachbarn dazu ein. Nach einiger Zeit fragte einer der Arbeiter, ob wir schon von der Pleite unserer Baufirma wüssten. Die Nachricht war für mich wie ein Schlag in die Magengrube. Allerdings hatte ich fast schon so was geahnt. Erstens war unsere Dixi-Toilette vor einigen Tagen über Nacht abgeholt worden und zweitens hatten wir zwei Tage zuvor die Rechnung für den Dachstuhl bekommen, wobei die Briefmarke fehlte. Wir mussten ihn auf der Post auslösen. Diese Warnsignale machten mich misstrauisch und ich bekam bereits eine böse Vorahnung.

Wieder das Wagner-Pech!

Dann kam noch dazu, dass ich am nächsten Tag für drei Wochen auf Geschäftsreise in die Niederlande musste. Zum Glück war ich flexibel, da ich diesmal statt eines Fluges einen Mietwagen geordert hatte. Das war unser Glück. Nach meinen ersten zwei Tagen dort rief mich Petra an und erzählte mir die Neuigkeiten von der Baufirma. Sie bestätigten offiziell ihren Konkurs. Wir sollten uns aber keine Sorgen machen, da es mit unserem Bau weitergehen würde. Sie schickten gleich den neuen Bauwerkvertrag, der innerhalb einer Woche unterschrieben zurückgesendet werden musste. Also fuhr ich nach Feierabend die siebenhundert Kilometer nach Hause, unterschrieb den Vertrag und fuhr dann gleich dieselbe Strecke wieder zurück. Sie änderten den Firmennamen, wechselten die Bank und hatten einen neuen Firmeninhaber, den ehemaligen Bauleiter. Wir waren gezwungen zu unterschreiben, denn wir hatten bereits 55 % der Bausumme für erst 40 % der Bauleistung bezahlt. So sahen wir die Chance, dieses Defizit wieder auszugleichen. Das einzig Gute war, dass diesmal die Vertragsbedingungen deutlich besser waren, wahrscheinlich um uns bei der Stange zu halten. Jetzt gab es auch Vertragsstrafen für die Firma bei Überschreitung des Fertigstellungstermins, was sich für uns noch als sehr lukrativ herausstellen sollte.

Allerdings dauerte es noch weitere vier Monate, bis es weiterging. Nachbarn fragten uns bereits, ob uns die Bauarbeiter weggestorben seien. Mit den Subunternehmern – für Innen- und Außenputz, Heizung und Sanitär, Elektrik und Fliesen – war es auch nicht einfach. Es hatte sich herumgesprochen, dass unsere Firma nicht immer bezahlte, und die Arbeiter wollten direkt von uns entlohnt werden. Nach Rücksprache mit dem Bauträger willigte dieser ein und ich ließ mir alles schriftlich bestätigen.

Die Beaufsichtigung dieser Firmen hatte ich wieder übernommen, da du in dieser Zeit mehrmals für mehrere Wochen in Amerika warst.

Ja, das war meine Zeit in Houston.

Ich kontrollierte die tägliche Bauleistung der Handwerker vor allem auf ihre Qualität. Meistens gab es keine Probleme.

Das machtest du super! Ich hätte es nicht besser hinbekommen.
Am Ende wurde der Fertigstellungstermin, die Übergabe an uns, um mehr als vier Monate überzogen. Dadurch behielten wir laut Vertrag eine fünfstellige Summe ein. Es war die gesamte letzte Rate, die wir an den Bauträger zu entrichten hatten. Das war ausreichend, um den größten Teil der Außenanlage zu bezahlen. Aufgrund der Anzahl der überzogenen Tage hätten wir einige Hundert Mark mehr beanspruchen können, als die von uns noch an die Baufirma zu zahlende Summe. Um diese Differenz noch zu bekommen, hätten wir klagen müssen. Wir entschieden, dass sich der Aufwand und Ärger einer Klage nicht lohnten.
Nun wohnen wir seit August 1999 in unserem eigenen frei stehenden Einfamilienhaus und so gut wie ohne Baumängel.

Letztendlich hat sich der Stress und Ärger mit dem Bauen doch gelohnt und war nach einiger Zeit vergessen. Ich muss doch sagen, ihr habt euch ein schönes Zuhause geschaffen. Ich war gern bei euch zu Besuch. Am liebsten saß ich in eurem Garten neben dem Teich mit der hölzernen Brücke und bewunderte die vielen Blumen und blühenden Sträucher. Ich bin eben ein richtiger Gartenliebhaber.

Das neue Jahrtausend

Dann kam das neue Jahrtausend, um das damals so viel Theater und Aufhebens gemacht wurde. Wie sagten alle dazu?

Millennium.

Und dann hieß es, dass da alle Computer ausfallen und die Flugzeuge abstürzen würden, aber nichts passierte. Zum Glück! Du sagtest immer, dass das neue Jahrtausend entgegen aller Behauptungen in Fernsehen und Presse in Wirklichkeit erst mit dem Jahr 2001 begann.

Na, ist doch logisch. Wenn du Dinge zählst, also auch Jahre, fängst du doch nicht mit Null an, sondern mit der Eins.

Na, wie auch immer.

Also, das neue Jahrtausend fing für uns gleich mit einem Paukenschlag an. Die gute alte lieb gewonnene D-Mark wurde in Euro umgetauscht.

Eigentlich nur umgerechnet und nicht wie bei der Währungsunion richtig umgetauscht.

Und dann gab es gleich noch ein trauriges Ereignis. Anna, meine Schwiegermutter, starb am 19. Januar 2001 mit einhundertsechs Jahren. An Weihnachten 1995, als wir ihren 100. Geburtstag feierten, war sie noch ihrem Alter entsprechend guter Gesundheit. Wir sangen Lieder und sprachen über alte Zeiten. In den darauffolgenden Jahren erblindete sie leider mehr und mehr und konnte nicht mehr am Leben teilnehmen. Zuletzt lag sie nur noch im Bett. Anna war eine liebevolle Mutter, Schwiegermutter und Großmutter gewesen. Gut, manchmal war sie etwas wunderlich. Letztlich verstand ich mich immer sehr gut mit ihr. Auch ihre Lebensdaten sind bemerkenswert. Sie lebte in drei Jahrhunderten, von 1895 bis 2001, und machte fünf Epochen mit, die Kaiserzeit, die Weimarer Republik, das Dritte Reich, die DDR-Zeit und das vereinte Deutschland. Auch musste sie Inflationen und Geldentwertungen überstehen. Anna las gern Märchenbücher, aber vor allem aß sie gern. Wie schon erwähnt, liebte sie Ananas, Kokosflocken und ihre Fettbrote, die ihr allerdings des Öfteren gesundheitliche Probleme bereiteten. Ich werde sie nie vergessen.

Nicht nur Anna, auch ich hatte meine Lieblingsspeisen. Ich mochte Klöße aus gekochten Kartoffeln, wie sie meine Mutter in Schlesien immer gemacht hatte. Aber noch lieber aß ich Spargel. Man muss schon sagen, dass ich süchtig danach war. In DDR-Zeiten gab es dieses Gemüse nur sehr selten zu kaufen, es sei denn, man kannte jemanden, der es anbaute und es auch verkaufen wollte. Wir versuchten es zweimal in unserem Schrebergarten, aber es funktionierte nicht. Unser Boden war dafür nicht sandig genug. Wir mischten den Boden mit Sand, was aber nur wenige Jahre einen einigermaßen annehmbaren Ertrag sicherte. Danach nahm die geerntete Menge wieder deutlich ab. Also ließen wir es bleiben. Nach dem Umsturz, Entschuldigung, der Wende war ich zur Spargelsaison jede Woche mit einem Pfund dabei. Ich brauchte kein Fleisch dazu. Der Spargel und eine Kartoffel, das war ausreichend.

Komm, dein Spargel schaffte es doch nie bis auf deinen Teller.

Du hast recht. Während des Kochens angelte ich mit der Gabel eine Stange nach der anderen aus dem Topf. Nach spätestens zwanzig Minuten war der Topf leer.

Es gab aber etwas noch Schlimmeres, meine Rätselsucht. Ich löste alle Arten von Kreuzworträtseln im Akkord. Nach wenigen Jahren waren die keine Herausforderung mehr, da im Grunde immer dieselben Wörter vorkamen. Dann entdeckte ich Sudoku. Hier war mein Spezialgebiet, das logische Denken, gefragt. Ich konnte stundenlang im Wohnzimmer sitzen und Rätsel lösen, ganze dicke Rätselbücher in Rekordgeschwindigkeit. Richard musste mich oft an die Kaffeezeit erinnern. Ich vergaß auch schon mal, Mittagessen zu kochen. Das Einzige, was mich hin und wieder stoppte, war mein linkes Auge, das bei zu viel Anstrengung zu tränen begann.

Richard machte das nichts aus. Er hatte sein eigenes Hobby, die ausgedehnten Radtouren. Er war dann bis zu drei Stunden unterwegs und erkundete die Umgebung oder war einfach nur im Schrebergarten. Und abends beim Fernsehen durfte jeder mal bestimmen, was geschaut wurde. Ich war an den Tagen dran, an denen die Ratesendungen kamen. „Wer wird Millionär?" oder „Wer weiß denn sowas?" mochte ich am liebsten. Richard schaute lieber Western oder Filme mit Bud Spencer.

Richards schlimme Krankheit

Eigentlich klappte das mit der Aufteilung der Fernsehabende immer ganz gut. Irgendwann merkte ich, dass sich Richards Verhalten langsam, fast unmerklich veränderte. Und mit der Zeit wurde es immer schlimmer. Er erzählte ab und zu unlogische Dinge oder stellte Behauptungen auf, die nicht stimmten. Und er wurde hin und wieder jähzornig, wenn er nicht bekam, was er wollte, oder man ihm widersprach. An dem Tag, an dem er zum ersten Mal die Fernbedienung des Fernsehgeräts durchs Wohnzimmer warf, wusste ich, dass ich ein Problem hatte. Ich ahnte nicht, dass es noch viel schlimmer kommen würde, und war der Meinung, dass ich das schon irgendwie hinbekommen würde. Da sollte ich mich gewaltig täuschen.

Es gab bestimmte Dinge, auf die mein Mann nun sehr allergisch reagierte. An erster Stelle standen Handwerker. Wenn wir einen solchen Handwerker im Haus hatten, verkroch er sich in die hinterste Ecke der Wohnung. Wenn die Reparatur beendet und der meist junge Mann gegangen war, fing Richard an zu schimpfen, dass er die Arbeit nicht korrekt ausgeführt habe. Einmal behauptete er, ich würde ein Kind vom Monteur bekommen, und er wüsste nicht, wie wir es dir sagen sollten. Ich erklärte ihm, dass da nichts war und ich mit meinen achtzig Jahren keine Kinder mehr bekommen könnte, selbst wenn ich es wollte. Er ließ sich jedoch nicht von seinem fixen Gedanken abbringen.

Eines Tages fiel Richard im Badezimmer unserer Wohnung um, woraufhin ich den Krankenwagen rief. Der kam und fuhr ihn ins Unfallkrankenhaus. Die Kopfverletzung war nicht schlimm, aber er hatte einen Blackout und war für vielleicht zwanzig Sekunden bewusstlos. Noch viel schlimmer war die Diagnose des Arztes: fortgeschrittene Demenz. Der Arzt bot mir an, alles für eine Heimunterbringung einzuleiten, was ich allerdings ablehnte. Ich war der Meinung, dass ich das selber managen konnte und ihm das nicht antun wollte. Der Arzt sagte nur noch, dass ich ihm leidtue.

Bereits nach einigen Tagen merkte ich, dass meine Entscheidung, ihn mit nach Hause zu nehmen, ein riesengroßer Fehler gewesen war. Jetzt machte er mir mein Leben zur Hölle. Ich durfte weder die Wohnung verlassen, noch durfte ich telefonieren. Ich glaube, das war einfach nur krankhafte Eifersucht. Es gab fast täglich Gerangel und ich hatte überall blaue Flecken. Er schlief auch kaum noch, hielt mich beschäftigt und knallte nachts mit den Türen, wenn ihm etwas nicht passte. Auch musste ich vorsorglich Messer und Scheren verstecken und aufpassen, dass er nicht aus dem Fenster sprang. Die ganz schlimmen Momente seiner Krankheit und die daraus resultierenden Dinge kann und möchte ich hier nicht preisgeben.

Es hat lange gedauert, ehe du mir etwas darüber erzähltest.

Erstens habe ich mich geschämt und zweitens wollte ich euch nicht damit belasten.

Wenn ich bei euch auf Besuch war, schien er immer friedlich zu sein. Ich wunderte mich schon, dass du kaum noch anriefst, und wenn das mal geschah, dass du immer sehr kurz angebunden warst. Und du wurdest auch immer dünner und blasser.

Ja, ich wäre fast zugrunde gegangen.

Ich wusste mir nicht mehr zu helfen und informierte seine Hausärztin, dass es nicht mehr ging. Sie hörte am Telefon, wie er mich am Telefonieren hindern wollte. Daraufhin wurde von ihr der Krankentransport zu uns nach Hause bestellt und wir fuhren wieder in die Klinik. Diesmal war ich einverstanden, ihn erst einmal stationär für vier Wochen medikamentös einstellen zu lassen. Am Ende sagten die Ärzte, dass er in eine Pflegeeinrichtung für Demenzkranke eingewiesen werden müsse. Es tat mir unendlich leid, aber mir war klar, dass es nicht anders ging. Ich hätte seine schlimme Krankheit nicht lange überstanden.

Richard bekam einen Platz in einem Pflegeheim in Merseburg, in der Einrichtung, in der auch Anna die letzte Zeit untergebracht gewesen war. Es war ein großes Gebäude in Form eines Kleeblattes, das mehrere Etagen hatte. Es war modern, hell, freundlich und die Flure, Hallen und Sitznischen waren mit Grünpflanzen bestückt. Auch gab es ein Restaurant für die Patienten und ihre Gäste. Er lebte sich schnell ein und durch seine Medikamente war er nun fast wieder ein anderer Mensch. Jetzt merkte ich auch ganz deutlich, dass Richard emotional sehr an mir hing. Er saß fast immer auf einem Sessel, von dem aus er den Fahrstuhl fest im Blick hatte. Jedes Mal, wenn sich die Fahrstuhltür öffnete und er mich erblickte, sprang er auf und kam mir entgegen. Aus diesem Grunde brachte ich es nicht übers Herz, ihn für mehrere Tage nicht zu besuchen. Für mich war es mit meinen nun auch bereits achtzig Jahren oft sehr anstrengend. Trotzdem fuhr ich vier- bis fünfmal die Woche mit dem Bus zu ihm nach Merseburg.

Auch ich hatte ihn ab und zu besucht, bestimmt jeden Monat. Einmal hatten wir seinen Geburtstag im Restaurant gefeiert. Es fühlte sich wie in alten Zeiten an, als wir noch alle unsere Geburtstage in Restaurants feierten. Aber am besten gefiel ihm, als wir uns einen Rollstuhl ausgeliehen hatten und mit ihm auf seinen Wunsch hin durch den benachbarten Supermarkt fuhren. Er hätte ewig durch die Gänge fahren und die Waren betrachten können und wäre am liebsten nie wieder herausgegangen.

Und es gab die vielen Feste und Feiern wie Frühlingsfest, Sommerfest, Grillfest, Herbstfest, Weihnachtsfeier, Fasching. Und ich war immer dabei. Gegen Ende jedes Jahres wurde ich von den Schwestern gefragt, ob ich wieder meine Plätzchen mitbringen würde. Also nahm ich zu den Weihnachtsfeiern zwei bis drei Dosen meiner selbst gebackenen Weihnachtsplätzchen mit. Dabei fragten sie mich, ob sie die übrig gebliebenen am nächsten Tag zum Kaffee naschen dürften. Ich merkte, dass sie mein Gebäck liebten, denn eine Dose verschwand schon immer vor der Feier.

Durch die verabreichten Medikamente und die fachgerechte Betreuung meines Mannes wurde sein Gesundheitszustand, vor allem aber sein Verhalten anderen gegenüber deutlich verbessert. Er erzählte zwar manchmal noch eigenartige Geschichten, war aber nicht mehr jähzornig. Leider gehört auch zur Wahrheit, dass sich eine so heimtückische Krankheit trotz des vorübergehenden Behandlungserfolges nicht aufhalten lässt. Mitte Dezember 2012 wurde Richard in das Krankenhaus eingewiesen und dort bis zu seinem Tod behandelt. Man konnte sehen, wie es von Tag zu Tag schlechter um ihn stand und mehr und mehr Körperfunktionen versagten.

Für mich war das Schlimmste, dass er nur so dalag mit all den Schläuchen und nicht mal mehr uns erkannte.

Am 6. Januar 2013 starb Richard im Alter von zweiundneunzig Jahren. Es war für ihn eine Erlösung. Richard war in seinem Leben immer sehr konservativ gewesen und hatte Probleme, seine Gefühle offen zu zeigen. Dennoch haben wir uns geliebt und bis auf seine Krankheit, für die er nichts konnte, eine gute Ehe geführt.

Noch mal Freude in meinem Leben

Zum Glück gibt es im Leben nicht nur traurige Abschnitte. Ein Jahr bevor Richard von uns ging, heiratete meine Enkelin ihren Mathias, den sie seit circa acht Jahren kannte. Zwei Jahre später wurde dann mein erster Urenkel, der kleine Max, geboren. Weitere sechs Jahre später kam noch Matheo, mein zweiter Urenkel, zur Welt. Ich liebe beide Jungen sehr, vielleicht auch, weil sie sehr unterschiedlich sind. Max ist ruhig und meist besonnen. Matheo ist dagegen viel lebhafter und spontaner. Max ist ein Denker und sehr gut in der Schule. Matheo rennt fast ununterbrochen herum und will mir alles zeigen, was er schon kann. Er lacht immer und ist sehr lebensfroh. Aus diesen Eigenschaften heraus habe ich mir für sie passende Spitznamen ausgedacht. Max ist mein kleiner Professor und Matheo mein kleines Vögelchen.

Ein weiterer Umstand hatte sich für mich nach Richards Tod geändert. Ihr hattet begonnen, mich noch mehr in euer Leben einzubeziehen. Das begann schon, während Richard noch im Pflegeheim war. Ihr musstet das nicht tun.

Na ja, du wohntest ab jetzt ganz alleine in deiner Wohnung. Dich ein- oder zweimal die Woche zu besuchen, war wirklich kein großes Ding. Du warst zwar zu diesem Zeitpunkt noch ganz rüstig und hattest deine Nachbarn und Bekannten im Ort und konntest auch noch einkaufen gehen. Dennoch braucht man den Rückhalt in der

Familie. Und wenn es nur zum Reden ist oder um kleine Dinge erledigt zu bekommen.

Ich muss sagen, dass ich euch dafür dankbar bin und es genossen habe. Manchmal bekam ich allerdings ein schlechtes Gewissen, dass ihr eure Freizeit mit mir verbringen musstet.

Wie gesagt, wir taten das gern, am Ende auch für uns selbst.

Dann kamt ihr mit der Idee, mit mir zusammen in den Urlaub zu fahren. Die erste Reise ging gleich im Juli 2013 mit dem Auto nach Zingst an die Ostsee. Wir wohnten für zehn Tage im Hotel Vier Jahreszeiten in zwei nebeneinanderliegenden Zimmern mit Verbindungstür. Das war perfekt. Als wir über die Dünen zum Strand kamen und ich seit Langem mal wieder die schöne Ostsee sah, kamen mir die Tränen. Ich schluchzte, weil ich so glücklich war. In jüngeren Jahren hatten Richard und ich mehrere Male unseren Urlaub in verschiedenen Ostseeorten verbracht.

Das Jahr darauf schlugst du mir vor, mit euch an die Nordsee zu fahren. Ich hatte dir erzählt, dass ich noch nie dort war und mir die Sache mit Ebbe und Flut nicht so richtig vorstellen konnte. Also fuhren wir das Jahr darauf zu dritt nach Sankt Peter-Ording. An den Namen des Hotels kann ich mich nicht mehr erinnern.

Ich auch nicht.

Sankt Peter-Ording ist auch ein schöner Urlaubsort. Das Beeindruckende war für mich das Eider-Sperrwerk und der markante Westerhever Leuchtturm. Meine größte Herausforderung war jedoch unsere Wattwanderung. Wir liefen circa fünfhundert Meter durch den Schlamm bis zur vorgelagerten Sandbank und immer gegen den Wind. Dann gingen wir noch den Strand entlang bis vor zur Seebrücke. Da war ich wirklich fertig. Danach hatte ich seit Langem mal wieder richtig Hunger und aß zum ersten Mal in meinem Leben Pizza. Na ja, schmeckt nicht schlecht, ist aber auch nichts Besonderes.

Ich dachte noch, ob sie das schafft mit ihren dreiundachtzig Jahren. Aber du bist abgedüst und hast uns fast stehen lassen.

Ich wollte mir keine Blöße geben. Dann erzähltest du mir, dass ihr vor Jahren, als Susanne noch in den Kindergarten ging, schon mal in Sankt Peter-Ording ward und du dort einen berühmten Fußballspieler trafst.

Ja, das war Jimmy Hartwig. Ich begegnete ihm auf dem großen Parkplatz. Jimmy betrieb in Sankt Peter-Ording eine Fußballschule.

Damit kenne ich mich nicht aus. Aber eins kann ich sagen. So schön es an der Nordsee war, mit der Wattwanderung und zum ersten Mal in meinem Leben Ebbe und Flut zu sehen, die Ostsee gefällt mir besser. Die schöneren Strände und die oft unberührte Natur liegen mir einfach mehr.

Weil ich dich zu diesem Zeitpunkt schon über fünfzig Jahre kannte und das wusste, fuhren wir zwei Jahre später noch mal nach Zingst in das bewährte Vier Jahreszeiten.

Und das war auch wieder sehr schön.

Jetzt bemerkte ich zum ersten Mal, dass deine Sinne langsam nachließen. Dein Gesichtsfeld wurde immer kleiner und deine Re-

aktionszeit immer länger. Und du verlorst immer mehr die Orientierung. Kannst du dich noch an unser Streitgespräch erinnern, als du auf die Ostsee zeigtest und meintest, es sei der Bodden? Das könne nur der Bodden sein, denn hier sei Süden, obwohl es der Norden war.

Das war ja dann auch meine letzte große Urlaubsreise mit euch. Danach fuhren wir nur noch in der näheren Umgebung für ein paar Stunden zu Sehenswürdigkeiten oder einfach in die Natur. Da ich schon seit Jahren nicht mehr so mobil war und schon lange kein Rad mehr fahren konnte, waren solche kleinen Ausflüge besondere Highlights für mich.

Mit Richards aufkommender Krankheit hatten wir unseren Schrebergarten abgegeben und ich vermisste die Natur, die Bäume, die blühenden Blumen und den Kuckuck im Frühjahr. Ja, ich liebte den Ruf des Kuckucks. Ich dachte manchmal, wie oft – also wie viele Jahre – werde ich den Kuckuck noch rufen hören?

Und ich sagte dann immer, noch sehr viele Jahre, so gut wie du noch beieinander bist.

Du holtest mich im Zeitraum zwischen 2013 und 2020 in der warmen Jahreszeit mindestens einmal im Monat mit dem Auto ab und wir fuhren ins Grüne. Du zeigtest mir die renaturierten Tagebaue, die nun Seen waren und inzwischen breite Schilfgürtel besaßen. Wir besuchten auch die Weinhänge an der Saale nördlich von Weißenfels. Von diesen Ausflügen zehrte ich tagelang. Wenn ich nach einem Ausflug abends im Bett lag, ging ich das Erlebte noch mal im Geiste durch. Am allerliebsten war mir mein hölzerner Aussichtsturm am Geiseltalsee.

Ja, der Geiseltalsee, der derzeit noch größte künstlich angelegte See Deutschlands, ist ein Highlight unserer Gegend. Er entstand aus mehreren zusammenhängenden Tagebauen. Dein geliebter Turm steht am Westufer im Ortsteil Stöbnitz.

Von ihm aus kann man den gesamten neun Kilometer langen See überblicken und noch viel weiter in die Landschaft hineinschauen. Am Nordufer des Sees führt ein durch das Symbol der Jakobsmuschel gekennzeichneter Pilgerweg entlang.

In den sieben Jahren bis 2020 besuchten wir deinen Turm zwei bis dreimal im Jahr. Du warst vorher jedes Mal aufgeregt, ob du diesmal den Aufstieg noch schaffen würdest. Und es klappte immer wieder.

Vor jedem Aufstieg streichelte ich immer dieselbe Holzstrebe des Turms und sprach zu ihm. Nach dem Abstieg bedankte ich mich an derselben Stelle und hoffte, dass ich bald wiederkommen werde. Es war für mich jedes Mal ein erhebendes Gefühl, oben auf der Plattform angekommen zu sein. Und dann die wunderschöne Aussicht über das weite Land. So müssen sich die Vögel fühlen, wenn sie über die Bäume fliegen. Bei dem erhebenden Gefühl kamen mir meistens die Tränen.

*Kannst du dich noch an den jungen Mann mit der Zigarette erin-
nern?*

Ja, der! Ich war jedes Mal froh, den Aufstieg mit meinen weit über
achtzig Jahren geschafft zu haben. Einmal kam ein junger Mann
von vielleicht fünfunddreißig Jahren nach uns auf den Turm ge-
stiegen. Er war total fertig und bekam kaum Luft. Fünf Minuten
später, nachdem er sich wieder einigermaßen erholt hatte, zünde-
te er sich eine Zigarette an. Nach dieser Begegnung war ich stolz,
noch besser in Form zu sein als dieser Fünfunddreißigjährige. Das
lag wohl daran, dass ich in meinem Leben gesund gegessen, mich
regelmäßig bewegt und nie geraucht hatte. 2020 waren wir dann
zum letzten Mal auf meinem geliebten Turm. Danach begnügte
ich mich mit den Aussichtspunkten weiter unten oder saß einfach
nur auf einer Bank zwischen blühenden Sträuchern, was mir auch
ganz gut gefiel.

Alt werden ist nicht einfach

Ich hatte bis ins hohe Alter noch genügend Kraft, um alleine leben
zu können. Allerdings ließ mein Gleichgewichtssinn immer mehr
nach. Oder anders gesagt, ich wurde immer wackeliger. Wenn ich
einkaufen war oder meine tausend Schritte ging und dabei nicht
gestört wurde, lief alles glatt.

*Deine sogenannten tausend Schritte. Du gingst täglich ein bis zwei
Kilometer schnellen Fußes, um in Form zu bleiben.*

Wenn ich aber unterwegs von einer Bekannten angesprochen
wurde, und ich kannte fast alle im Ort, musste ich mich an einem
Baum oder Verkehrsschild festhalten, um nicht umzufallen. Und

es wurde von Jahr zu Jahr schlimmer. Ich bekam des Öfteren den Ratschlag, einen Rollator zu benutzen. In meinem Fall funktionierte das aber nicht, weil sich sowohl in als auch vor unserem Haus Treppen mit mehreren Stufen befanden. Als ich dir davon erzählte, kamst du auf die Idee, Annas Spazierstock zu benutzen. Ich fand das zuerst abwegig.

Du schämtest dich. Komm, ich kenne dich genau. Du wolltest nicht wie eine alte Oma herumlaufen.

Na ja, vielleicht ein bisschen. Nach längerem Hin und Her gab ich dann auch nach und freundete mich mit dem Gedanken an, den Stock zu benutzen. Und was soll ich sagen, das war eine neue Lebensqualität. Ich gewöhnte mich schnell daran und war wieder deutlich mobiler, zumindest für die nächsten paar Jahre.

Wie das im Leben so spielt, kam eins zum anderen. Meine Hausärztin nervte mich schon längere Zeit mit einem Gesundheitscheck. Irgendwann konnte ich mich nicht mehr wehren und willigte ein.

Du hattest Angst, dass was gefunden wird.

Genau! Und bei meinem Glück wurde auch etwas im Blutbild gefunden, eine Überfunktion der Schilddrüse. Nun ging der Stress, den ich immer vermeiden wollte, los. Ich wurde zum Facharzt geschickt, der eine Bildaufnahme meiner Schilddrüse machte, auf der verschiedenfarbige Stellen zu sehen waren. Meine Hausärztin wollte, dass ich mich einer OP unterziehe. Ich lasse doch nicht in meinem Alter an mir herumschnippeln. Der Facharzt hingegen schlug eine alternative Behandlungsmethode vor, eine Bestrahlung mit radioaktivem Jod. Das klang schon wesentlich besser. Nach ungefähr einem Monat und weiterer Voruntersuchungen wurde ich in Halle in den sogenannten Bunker aufgenommen. Mir wurde ein Präparat mit radioaktivem Jod gespritzt, das sich in der Schilddrüse einlagert und das kranke Gewebe zerstört. Im Bunker waren wir von der Außenwelt abgeschottet, lebten aber sehr komfortabel. Es fehlte uns an nichts. Nach einigen Tagen hatte sich das Jod abgebaut und ich konnte wieder nach Hause fahren.

Als ich dich abholte, sahst du strahlend aus.

Ich fühlte mich auch gut.

Nein, ich meinte das anders. Wegen des radioaktiven Jods. Du kennst doch meinen Humor.

Ach so. Ich fühlte mich aber wirklich gut. Die Stimmen in meinem Kopf waren verschwunden.

Welche Stimmen? Davon hast du mir nicht erzählt.

Vorher wollte ich dich nicht beunruhigen und dann nach der Behandlung waren sie weg.

Ich war auch nicht mehr so unruhig. Und ich hatte eine OP verhindert. Auch im weiteren Verlauf wurde meine Schilddrüse nicht mehr auffällig. Die Werte waren von nun an immer im grünen Bereich. Etwas anderes hatte ich mir auch noch vorgenommen: keine Gesundheitschecks mehr.

Ich konnte aber nicht verhindern, dass bei jedem Arztbesuch mein Blutdruck gemessen wurde. Das war die nächste Baustelle. Die Ärzte versuchten, meine Werte von 200 zu 95 mit Medikamenten herunterzudrücken, was sie auch schafften. Er regelte sich nach einigen Wochen bei 160 zu 85 ein. Dadurch bekam ich ein anderes Problem. Ich fiel jetzt öfters in meiner Wohnung um und traute mich dadurch gar nicht mehr auf die Straße. Ich erzählte dir nichts davon, weil ich wusste, dass du dir Sorgen machst.

Und das mit Recht. Ich hatte dann aber doch bei einem Besuch bei dir deinen blauen Fleck gesehen und die eingedrückte Schranktür unter der Spüle.

Ich weiß, du wolltest, dass ich bei euch ins Haus einziehe. Das wollte ich aber nicht. Ich hätte bei euch oben in den Gästezimmern gewohnt und immer die Treppe herunter gemusst. Außerdem wäre ich bei euch tagsüber, wenn ihr auf Arbeit wart, auch nur alleine gewesen.

Nein, ich hatte etwas anderes im Sinn. Ich hatte bereits in jüngeren Jahren beschlossen, entweder ins betreute Wohnen oder ins Pflegeheim zu gehen. Aber nicht auf den letzten Drücker, wenn gar nichts mehr geht, sondern wenn ich noch aktiv bin. Und ich weiß auch, dass du mich mit euren Urlauben und Fahrten in die Umgebung davon abhalten wolltest. Die mit euch verbrachte Zeit gefiel mir auch sehr, aber mein Entschluss stand fest. In diesem Punkt hatte ich die ersten Jahre meiner Schwiegermutter im Seniorenheim vor Augen, als sie noch sehr mobil war und von dort aus herumreiste. So wollte ich es auch.

Durch Zufall ergab sich eine glückliche Fügung. Zehn Jahre zuvor besuchte ich eine gute Bekannte, die inzwischen in einem Seniorenheim im Nachbarort wohnte. Ich sah sofort, dass diese Einrichtung voll und ganz meinen Vorstellungen entsprach. Es war das beste Seniorenheim, das ich jemals gesehen hatte, und ich hatte schon einige gesehen. Es lag am Ortsausgang mit viel Grün herum. Es gab auch einen kleinen Park mit einem großen Teich, Bänken und einem Rundweg zum Spazierengehen. Die Zimmer waren geräumig mit kleinem Flur und abgetrennter Badzelle, fast wie in einem Urlaubshotel. Dazu kam noch, dass alles barrierefrei war und ich den Rollator hätte nutzen können. Außerdem gab es eine eigene Wäscherei und es wurde im Haus selber gekocht. Für mich stand fest, dieses Heim war meine erste Wahl.

Nun war es so weit, ich brauchte Hilfe. Der erste Schritt war die Einstufung seitens der Pflegekasse. Man braucht einen Pflegegrad, damit überhaupt etwas passiert. Du hattest dich im Internet erkundigt und alles in die Wege geleitet. Ich muss mich überhaupt noch bei dir für alles bedanken, für den ganzen Papierkram und die Laufereien, die du durch mich hattest.

Das ist doch selbstverständlich. Na gut, dann muss ich mich aber auch noch dafür bedanken, dass du mich als Baby gewindelt hast und mir mehrmals täglich die Flasche gabst.

Na ja, du kennst mich doch. Ich möchte keine Umstände machen.

Du hattest mich für eine Einstufung bei der Pflegekasse angemeldet und ich erhielt einen Termin für die Begutachtung. Eine Stunde bevor es losgehen sollte, wolltest du noch mal alle Bewertungsfragen für meine Einstufung mit mir durchgehen. Ich hielt das für völlig überflüssig. Wenn die Frau vom Medizinischen Dienst der Krankenkassen mein hohes Alter sieht, ist meine Einstufung als pflegebedürftig nur noch reine Formsache, dachte ich mir.

Ich sah das Ganze schon schiefgehen und hätte mir die Haare raufen können.

Was hast du nur? Nach einigen Tagen kam die positive Antwort. Ich bekam den Pflegegrad 2 und war damit berechtigt, mich in dem von mir bevorzugten Seniorenheim anzumelden.

Ja, mit Ach und Krach. Ein paar Punkte weniger und es hätte nicht gereicht.

Mit der Einstufung und mehreren ausgefüllten Formularen fuhren wir in das Heim und meldeten mich an. Zu meinem Unmut kam ich auf eine Warteliste. Also musste ich mich noch gedulden und zu Hause das Beste daraus machen. Auch legte ich das Telefon so hin, dass, wenn ich mal fallen sollte und nicht wieder hochkomme, ich dich anrufen konnte. Außerdem wurde von dir ein Pflegedienst zur Überbrückung der Wartezeit engagiert.

Du warst anfänglich nicht begeistert. Es kostete mich eine Menge an Überzeugungskraft, bis du einwilligtest.

Fremde Leute in meine Wohnung zu lassen, die vielleicht die Ecken sahen, in denen ich nicht mehr jeden Tag so gründlich sein konnte, das kostete mich viel Überwindung. Aber du hattest ja recht, das musste sein und ich gewöhnte mich dann doch irgendwie daran. Es ist halt schwierig, sich helfen zu lassen, wenn man sein ganzes Leben lang selbst die Hilfe war und andere unterstützt hat.

Mein letztes Zuhause

Nach einem Dreivierteljahr war es dann so weit, wir bekamen vom Seniorenheim Bescheid, dass ein Platz frei war. Es war allerdings erst mal nur ein Doppelzimmer. Ich sagte natürlich zu und zog wenige Tage danach mit neunundachtzig Jahren dort

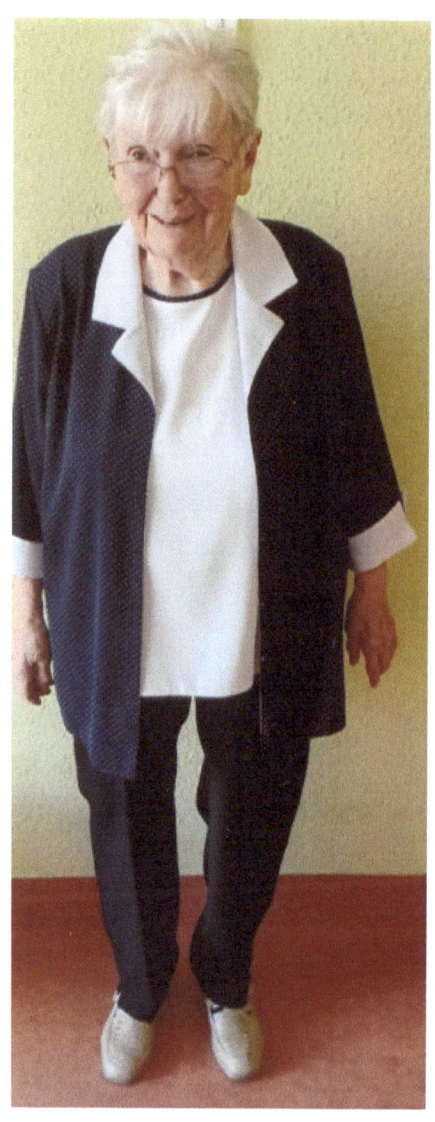

ein. Das Zimmer war groß, mit zwei Betten, zwei Nachtschränken, zwei Schränken für die Sachen, einem Fernseher und einem Tisch mit drei Stühlen. Meine Mitbewohnerin war noch einige Jahre älter als ich, allerdings etwas bestimmend. Das machte mir nichts aus. Wie du weißt, komme ich mit allen Charakteren aus. Und wenn es gar nicht geht, halte ich mich mit meiner Meinung nicht zurück. Wir kamen aber gut miteinander zurecht. Nachdem ich mich eingelebt hatte, fiel nach und nach alles von mir ab. Nun war ich unter Dach und Fach und ihr brauchtet euch keine Sorgen mehr um mich zu machen.

Ja, das war deine Hauptsorge, anderen keine Umstände zu bereiten. Du solltest auch mal mehr an dich denken.

Eine Sache war aber doch noch zu erledigen, der Verkauf meiner Wohnung. Ich gab dir den Auftrag und die Vollmacht, alles in die Wege zu leiten. Am Ende klappte es gut. Das war bestimmt ein großer Aufwand.

Es ging so. Zuerst suchte ich einen Makler vor Ort heraus, einen, der gute Bewertungen hatte. Wir trafen eine gute Wahl. Diesmal gab es kein Wagner-Pech! Er organisierte auch das Beräumen der Wohnung und setzte sie auf seine Webseite. Es gab ein halbes Dutzend Interessenten, die sich gegenseitig überboten wie bei einer Auktion. Am Ende kam ein Preis heraus, der etwa 30 % über dem ortsüblichen für vergleichbare Wohnungen lag. Du bekamst das in Euro wieder, was ihr Mitte der Neunziger in D-Mark dafür bezahlt hattet. Der ganze Prozess vom ersten Kontakt mit dem Makler über den Notartermin, die Wohnungsübergabe bis hin zur Grundbuchänderung dauerte circa sieben Monate.

Ich hoffe, ihr konntet noch einiges aus der Wohnung gebrauchen.

Ja, die Fotoalben und noch verschiedene Kleinigkeiten.

Nach der Abwicklung des Wohnungsverkaufs blieb mir nur noch eine Sorge, dass mein Geld für das Bezahlen des Pflegeplatzes reichte. Ich hatte eine gute Rente, vor allem durch meine Zeit in Buna, und dann noch die Witwenrente von Richard. Das reichte erst mal aus. Aber wie würde das mit kommenden Erhöhungen der Pflegekosten aussehen? Würde es dann noch reichen?

Da hattest doch den Erlös vom Wohnungsverkauf und deine Rente steigt doch auch jährlich. Und falls alle Stricke reißen, sind wir auch noch da.

Nein, nein, ich will nach meinem Tod etwas hinterlassen. Ich bin doch keine Dahergelaufene!

Wie ich bereits sagte, ich hatte mich gut eingelebt und war mit der Wahl des Heims sehr zu frieden. Die Schwestern und Pflegekräfte waren sehr freundlich und zuvorkommend und das Essen war auch sehr schmackhaft. Jeder, der noch laufen konnte, wurde angehalten, die Mahlzeiten im Speiseraum einzunehmen. Die Speisen wurden wie in einem teuren Restaurant vom Koch persönlich oder seiner Vertretung kredenzt. Während ich aß, wartete er am Rande des Saals und schaute, wer noch einen Wunsch hatte. Ich brauchte nur mit einer leichten Handbewegung auf meinen Teller zu zeigen, und er kam, mir noch etwas aufzutragen.

Du kamst mich jeden Freitag gegen 11 Uhr besuchen.

Das war inzwischen ein fester Termin in meinem Kalender.

Und du brachtest mir noch Dinge mit, die ich gern haben wollte, Körperpflegemittel, spezielles Obst wie Weintrauben und Johannisbeeren, aber auch bestimmtes Knabberzeug, das ich gern aß.

Alles wäre perfekt gewesen, wenn es nicht dieses Corona gegeben hätte. Um uns zu schützen, wurden Beschränkungen für Besucher festgelegt. Es durfte nur eine Person zur selben Zeit auf jeder der beiden Etagen zu Besuch sein. Außerdem musste man sich am Eingang testen lassen. Aber dann nach einem halben Jahr geschah es, unsere Einrichtung verzeichnete die ersten Fälle. Jedes Zimmer, auf dem jemand positiv getestet wurde, wurde unter Quarantäne gestellt. Jede Tür eines solchen Zimmers wurde mit einem Zeichen markiert.

Und plötzlich war auch ein Zeichen an unserer Tür. Wir, meine Mitbewohnerin und ich, hatten Corona. Ich dachte, das war es jetzt. Man hörte überall, wie schlimm diese Krankheit für ältere Menschen ist, und ich war definitiv älter. Aber nein, es kam ganz anders. Ich hatte einen Tag lang leichten Durchfall und dann noch weitere vier Tage Halskratzen und dann war es vorüber. Auch meine Zimmerkollegin verspürte lediglich einige Tage Geschmacksverlust. Es gab natürlich auch einige wenige Todesfälle, was aber im Wesentlichen Patienten mit größerer Leibesfülle betraf. So traurig das alles war, gab es für mich eine glückliche Fügung. Ich bekam ein Einzelzimmer gleich neben der Hochterrasse. Meiner Meinung nach war es das schönste vom ganzen Heim.

Jetzt hatte ich mein eigenes Reich und ich beauftragte dich, mir noch das eine oder andere Möbelstück zu besorgen und einen schönen großen Fernseher.

Ich hoffe, dass du mit allem zufrieden warst?

Ja, klar! Am besten war der große Ohrensessel mit Fußhocker. Der war schön bequem, wenn ich meine Rätselsendungen oder Biathlon schaute. Um den haben mich die anderen aus den Nachbarzimmern beneidet. Jetzt war ich absolut zufrieden.

Du hast recht. Dein Zimmer war ungelogen das schönste. Es kam noch hinzu, dass du noch sehr mobil warst oder besser gesagt wieder mobil warst, da du jetzt einen Rollator benutzen konntest.

Ich konnte jeden Tag im Park meine Runden gehen, fast wieder meine tausend Schritte. Außerdem besorgte ich mir neben dem vom Heim organisierten täglichen Beschäftigungsprogramm und meiner Rätselei, die mich immer noch fest im Griff hatte, kleine Aufgaben. Ich fragte den Hausmeister, ob ich mich um die Blumenkästen mit Geranien, die auf der Hochterrasse hingen, kümmern durfte. Er stellte mir ein Fass mit Wasser und eine kleine Gießkanne hin und legte ein Messer zum Abschneiden der verblühten Pflanzenteile dazu. Jetzt fühlte ich mich fast wie früher in unserem Garten.

Wenn ich dich freitags besuchen kam und dann noch schönes Wetter war, saßen wir auf einer Bank oder waren im kleinen Pavillon und unterhielten uns oder wir scheuchten die Frösche in den Teich zurück.

Am schönsten war es, wenn dann auch noch Petra, Susanne und meine kleinen Enkel dabei waren. Das kleine Vögelchen rannte immer herum. Es machte mich glücklich, wenn ich sah, dass es euch gut ging.

Kannst du dich noch an deinen 91. Geburtstag erinnern?

Ja, das ist doch noch nicht so lange her. Wir feierten ihn in unserem Partyraum. Die Schwestern von Seniorenheim hatten alles eingedeckt und für uns Kaffee gekocht und ihr brachtet den Kuchen und Sekt zum Anstoßen mit. Das war ein richtig schöner Tag. Wir waren alle mal wieder zusammen und konnten uns unterhalten und Witze machen wie in alten Zeiten. Das waren noch mal so richtig unbeschwerte Stunden.

Wenige Wochen nach meinem Geburtstag begann es. Ich wurde zur Behandlung einer möglichen Lungenentzündung ins Krankenhaus eingewiesen. Beim Atmen hörte man, dass ich Wasser in der Lunge hatte. Allerdings stellte es sich dann als Herzschwäche heraus. Das Gleiche passierte drei Monate später noch mal. Zwischendurch waren wir noch beim Chirurgen, um mir meinen braunen, immer mal blutenden Fleck auf dem Rücken ambulant herauszuschneiden zu lassen.

Es stellte sich als Basaliom heraus, welches jedoch restlos entfernt wurde.

Das Herausschneiden war nicht das Problem. Es gab eine örtliche Betäubung. Mich hat aber die Hin- und Herfahrerei, das Anstehen an der Anmeldung und das Warten im Patientenraum sehr angestrengt. Das hielten meine Nerven nicht mehr aus. Auf jeden Fall merkte ich, dass es mit meiner Gesundheit bergab ging. Ich hatte auch kaum noch Hunger, obwohl die Pflegekräfte immer sehr lieb und einfühlsam mit mir waren und mir Mut zusprachen. Sie lasen mir jeden Wunsch von den Augen ab und bereiteten mir die Speisen so vor, dass ich sie gut vertragen konnte.

Trotzdem war schon zu sehen, dass du seit deinem Geburtstag immer mehr an Gewicht verlorst. Du wolltest nicht mal mehr dein geliebtes Obst, das ich dir jeden Freitag mitbrachte. Auch das Knabberzeug lag nur noch herum. Und dann bemerkte ich, dass du leicht depressiv warst. Erst während meines Besuchs blühtest du jedes Mal auf und begannst, wie früher mit mir zu reden. Wenn ich nach einer Stunde wieder ging, warst du ein völlig anderer Mensch. Ich sprach mit meiner Frau und meiner Tochter darüber und wir beschlossen, dich noch öfter zu besuchen. Und das war auch gut so.

Das stimmt! Im September kamt ihr alle auch immer wieder außer der Reihe.

Was nicht einfach war, denn es galten immer noch die Corona-Beschränkungen für das Seniorenheim. Einerseits wollten wir dich, so oft es uns die Zeit erlaubte, besuchen. Andererseits wollten wir aber den anderen Angehörigen die von ihrer Anzahl begrenzten Besuchstermine nicht wegnehmen.

Mein letzter Tag

Am 7. Oktober 2022, es war ein Freitag, klingelte gegen 7:30 Uhr unser Telefon. Als ich die Telefonnummer des Seniorenheims auf dem Display sah, wurde mir flau im Magen. Ein Anruf vom Heim um diese Zeit bedeutete nichts Gutes. Und so war es auch. Die Schwester erzählte mir, dass es dir nicht gut ging und du seit der Nacht Probleme mit dem Atmen hattest. Sie meinte noch, dass sie einen Kran-

kenwagen mit Notarzt zwecks Untersuchung und möglicher Einweisung in ein Krankenhaus verständigen wollten. Pech war, dass dein Hausarzt krankheitsbedingt keine Sprechstunde hatte.

Also fuhr ich gleich los, um mir selbst ein Bild von der Situation zu machen. Bei dir angekommen, sah ich, dass es diesmal ernster war. Du hörtest dich gar nicht gut an. Deine Lunge brodelte beim Atmen und du musstest mehrere Male nach Luft schnappen, bevor du einen halben Satz sagen konntest. Ich versuchte, dich zu beruhigen, und bemerkte, dass du froh warst, mich zu sehen. Es dauerte noch eine ganze Weile, ehe der Krankenwagen mit dem Notarzt eintraf. Aber dann ging das emsige Treiben los, Sauerstoff, EKG, Blutsättigung und so weiter. Dabei hielt ich mich in der hintersten Zimmerecke auf, um den Ablauf nicht zu stören. Es dauerte um die fünfundvierzig Minuten, bis alle Maßnahmen beendet waren und die Entscheidung gefällt wurde, dich ins Krankenhaus einzuliefern. Zum Schluss wurdest du auf die fahrbare Trage gehoben und mir wurde erlaubt, noch kurz mit dir zu reden. Ich versprach dir, dich so schnell wie möglich besuchen zu kommen. Du sagtest nur: „Grüß alle von mir und bleibt ihr wenigstens gesund."

Ich hatte nur noch euch. Ohne euch wäre ich doch ganz alleine.

Ich ging der Trage bis zum Krankenwagen hinterher und erfuhr, in welches Krankenhaus du gebracht werden solltest. Als du mit der Trage in den Wagen geschoben wurdest, konnten wir uns noch mal zuwinken. Ich wiederholte, dass ich dich bald besuchen komme. Ich dachte, dass sie dich wieder hinbiegen wie schon die Male zuvor.

Ich auch.

Dennoch fuhr ich mit einem unguten Gefühl nach Hause. Ich wollte es wie jedes Mal halten und dem Krankenhaus einen halben Tag

Zeit lassen und dann telefonisch nach deinem Befinden fragen und dich dann am nächsten Tag besuchen kommen. Dazu kam es leider nicht mehr. Der Stationsarzt vom Krankenhaus rief uns gegen 17:30 Uhr an und informierte uns, dass dein Herz versagt und du im Sterben liegst. Wir sollten kommen, wenn wir noch mal mit dir sprechen wollten. Wir zogen uns sofort an und holten unsere Tochter ab und fuhren ins Krankenhaus. Es war leider schon zu spät. Du warst bereits fünfzehn Minuten zuvor von uns gegangen. Wir konnten nur noch an deinem Bett sitzen und trauern. Der Arzt erzählte uns, dass du eine Beruhigungsspritze bekommen und danach entspannt gewirkt hattest. Nach einer Weile schliefst du ruhig ein.

Ich hätte nicht gedacht, dass du an dem Tag stirbst.

Ich hatte auch nicht damit gerechnet.

Du warst einundneunzig Jahre alt, ein schönes Alter. Man weiß, dass es mal passieren wird, aber wenn es dann so weit ist, ist man nicht darauf vorbereitet. Ich muss immer an den letzten Tag denken, an dem wir uns zugewinkt hatten. Das lässt meine Augen immer wieder feucht werden. Wir hatten zeitlebens ein sehr gutes Verhältnis und erzählten uns immer alles. Dennoch habe ich das Gefühl, ich hätte dich noch so viel fragen sollen. Aber nun ist es zu spät. Mein Trost ist, dass du dich nicht quälen musstest. Deine größte Angst war, bettlägerig zu werden und auf fremde Hilfe angewiesen zu sein.

Mein Vermächtnis

Junge, mach dir keine Sorgen. Es ist alles so, wie es sein muss. Ich hatte ein schönes und erfülltes Leben. Das Kapitel mit der Flucht war nicht so schön. Wir hatten aber immer Glück und uns ist nichts passiert. Am Ende wendete sich immer alles zum Positiven.

Und das Wichtigste war der Zusammenhalt in unserer Familie, das gute und harmonische Verhältnis, ohne Zank und Streit.

Ein, zwei Dinge liegen mir aber noch am Herzen. Ich will es so, wie wir es besprochen haben. Macht um meine Beerdigung keinen großen Aufriss, sondern nur in engster Familie, die Urne zu Richard in die Urnenkammer und keine Zeitungsanzeigen. Und Trauerkleidung nur zur Beerdigung und danach wieder ein normales Leben führen. Man kann mich auch so in Erinnerung behalten.

Die zweite Sache ist mir noch wichtiger. Lebt so, wie ich es euch vorgelebt habe. Haltet zusammen und streitet euch nicht und verhaltet euch so, dass ihr jeden Tag in den Spiegel schauen könnt.

Darüber brauchst du dir keine Sorgen zu machen. Du müsstest uns kennen.

Spätestens jetzt merkt ihr, liebe Leser, dass sich die Geschichte über das Leben meiner Mutter aus meiner Erinnerung speist und sich alles nur in meinem Kopf abspielt. Wenn ich all das hier Gesagte Revue passieren lasse, steht mein Entschluss fest: Ich werde das Buch über das Leben meiner Mutter schreiben!